Gesina Stärz

Die Verfolgerin

edition 8

Für Sylvia K.

Gesina Stärz

Die Verfolgerin

Roman

edition 8

Besuchen Sie uns im Internet: Informationen zu unseren Büchern und AutorInnen sowie Rezensionen und Veranstaltungshinweise finden Sie unter www.edition8.ch

Bibliografische Informationen der Deutschen National-Bibliothek sind im Internet abrufbar unter http://dnb.ddb.de.

 Lektorat: Brigitte Walz-Richter; Korrektorat: Geri Balsiger; Typografie: Heinz Scheidegger; Umschlag: Eugen Bisig; Druck und Bindung: Beltz, Bad Langensalza.
Verlagsadresse: edition 8, Postfach 3522, CH-8021 Zürich, Telefon +41/(0)44 271 80 22, Fax +41/(0)44 273 03 02, info@edition8.ch

ISBN 978-3-85990-183-4

»Jede Gesellschaft hat einen blinden Fleck, einen Bereich, in den sie nur unter grossen Schwierigkeiten zu blicken vermag. Heute ist dieser blinde Fleck das Töten, so wie es vor hundert Jahren die Sexualität war.«

Dave Grossman

»Wenn Signale spiegelnder Resonanz auf einmal ausbleiben, ist das Gefühl der sozialen Zugehörigkeit und Identität in Frage gestellt, das Individuum bewegt sich plötzlich in einer Art luftleeren Raum.«

Joachim Bauer

Im Folgenden handelt es sich um einen fiktiven Text. Handlungen, Personen und manche Orte sind frei erfunden. Ähnlichkeiten mit lebenden oder toten Personen sind rein zufällig.

1

Heute Nacht bin ich gestorben. Innerlich. Ich habe es gemerkt, weil meine Gedanken nicht mehr schmerzten. Ich liess sie alle vorbeimarschieren, um sicher zu gehen. Drei Stunden hat das gedauert. Der Mann neben mir im Bett hat geschnarcht. Ich verfolgte meinen Atem, wartete eine Weile. Nichts. Ich war tot. Friedlich eingeschlafen, sagen manche dazu. Der Mann hat sich umgedreht, als ich aufstand, um mir einen Whiskey sour zu mixen. Ich schüttete viel Eis ins Glas und setzte mich aufs Sofa. Das Eis hat alle Zellen in mir in Schneekristalle verwandelt. Ich weiss nicht, ob ich das geträumt habe, aber ich fühlte mich besser, und etwas in mir wusste, dass dieser Zustand anhalten würde.

Ich habe lange geschlafen, bereite mir nun einen starken Kaffee, einen richtigen, wie man ihn früher trank. Gefiltert, mit Kaffeesahne und einem Zuckerwürfel. Er sieht aus wie Kaffee früher ausgesehen hat. Goldbraun. Und er duftet wie Kaffee früher geduftet hat. Der Duft zieht durchs Haus, von der Küche ins Esszimmer, in das Büro des Mannes, in mein Arbeitszimmer, in das Schlafzimmer im ersten Stock, die Zimmer der Jungen, die Bäder und das Studio unterm Dach. Ich spaziere durchs Haus, verliere Stunden. Eine nach der anderen.

Es ist Nachmittag. Ich fahre mit der U-Bahn zum Odeonsplatz, nehme die Treppe Richtung Brienner Strasse, stehe eine Weile an ein Geländer gelehnt und beobachte, wie Menschen aus den Bürogebäuden eilen.

Sie kommen in Gruppen, zu zweien oder allein, fast alles Männer, Angestellte aus Bankhäusern. Sie eilen die Strasse herunter in Richtung Odeonsplatz auf den U-Bahnschacht zu. Die Männer tragen Anzüge, die meisten geöffnete Jacketts. Der Gehwind bläst blaue Hemden frei. Einige warten an der Ampel, queren die Brienner Strasse Richtung Salvatorplatz, Fünf Höfe, Theatinerstrasse, Bayerischer Hof. Ich stelle mir vor, hinter einem dieser Männer herzugehen, ihn zu verfolgen. Ich stelle mir vor, wie er sich mit einem Geschäftspartner in einem der Cafés oder Restaurants trifft. Vielleicht in der Brasserie ›Oskar Maria‹ im Literaturhaus. Ich stelle mir vor, auf der Galerie setzt er sich auf eine der lederbezogenen Bänke ohne zu bemerken, dass er auf Worten sitzt. »Niemand kann allein sein.« Ein Zitat von Oskar Maria Graf. Vielleicht geht der Mann, den ich verfolgen würde, aber auch weiter zur Kirche, in das ›Nürnberger Bratwurst Glöckl‹, sucht sich im Biergarten einen Platz unter den Linden. Ich wäre enttäuscht, würde der Mann, den ich verfolgte, in einem der Häuser mit den Messingschildern, auf denen Kanzlei Dr. Dorn und Partner oder SFI Steuerberatungsgesellschaft oder Dr. Rummendorf und Partner Notariat steht, verschwinden. Ich würde ihn beobachten wollen. Sein Gesicht, seine Augen. Wie er redet. Das ist wichtig für mein Vorhaben.

Sie gehen schnell. Zu schnell für mich. Ich beschliesse, sie nicht zu verfolgen. Nicht heute. Fürs Erste soll es genügen, wenn ich mir vorstelle, wie es wäre, verfolgte ich sie. Ich gehe in das Café am Hofgarten. Jeder Stuhl in dem hohen Raum mit den dunkel getäfelten Wänden ist besetzt. Bis auf einen Tisch in der Ecke neben der Bar. Die Leute im Café reden und gestikulieren und trinken. Sekt mit Orangensaft, Wasser, Maracujasaft, Kaffee in allen Varianten – grosse Tasse, kleine Tasse, schwarz, mit Milchschaum. Ich bestelle mir ein Glas Maracujasaft-Schorle und eine Tasse Pfefferminztee. Ich erlaube meinen Gedanken, sich in den Wort- und Stimmenbrei im Café zu mischen. Bis sie klar daraus hervortreten. Wie Worte, die auf einem Monitor erscheinen: Ich eigne mich gut zu einer Verfolgerin. Ich habe die Fähigkeit so unauffällig für andere Menschen zu sein, dass sie mich nicht wahrnehmen. Das liegt an meiner Erscheinung: Ich bin von mittlerer Grösse, nicht dick, nicht dünn, habe braune Haare, graubraune Augen, trage Jeans und Shirts. Ich verfüge über die Gabe, mich so unauffällig zu benehmen, dass ich für die meisten Menschen unsichtbar bin. Von der Verfolgerin zur Mörderin wäre es nur ein kleiner Schritt. Ich würde mich auch gut zu einer Serienmörderin eignen. Keiner käme drauf, weil ich ein völlig normales Leben führe. Ich bin verheiratet, habe zwei Kinder und verdiene mir gelegentlich ein wenig Geld mit Artikeln, Gebrauchstexten, Geburtstagsreden. Nichts worunter man seinen Namen setzt. Mörder haben immer eine Beziehung zu ihrem Opfer. Der Nährboden für das Mordmotiv. Und das führt zum Täter.

Die Frau mit den langen blonden Haaren am Nachbartisch hat ihren Kopf auf die rechte Hand gestützt und ihr Gesicht dem jungen Mann, der neben ihr sitzt, zugewendet. In die Nase des jungen Mannes führt ein Schlauch. Der ist mit einer Sauerstoffflasche, die neben ihm steht, verbunden. In welchem Verhältnis steht der junge Mann zu der Frau? Sie müssen Geschwister sein. Die Frau sieht aus wie eine Moderatorin aus dem

Fernsehen. Ihre Haut ist glatt. Sie hat lange Finger, die sie graziös bewegt. Ihre Lippen sind geschwungen und ihr Blick ist klar. Der junge Mann ist blass, hat unreine Haut. Er weicht ihrem Blick aus. Er bemüht sich, die Traurigkeit aus seinem Blick zu bekommen. Er schaut sich um. Was sieht er? Die Menschen vor ihm an den Tischen? Den Kellner, der dem Mann im Pelzmantel mit den lockigen Haaren eine Tasse Espresso reicht?

Die beiden eignen sich nicht für mein Vorhaben. Das liegt am Ausdruck in ihren Gesichtern, in ihren Bewegungen. Sie hören sich zu, sie sehen sich an, sie nehmen aneinander Anteil. *Anteilnahme* – ein Wort das auf Beerdigungskarten geschrieben steht. Ich bestelle bei dem Kellner, den eben noch der junge Mann mit dem Schlauch in der Nase beobachtet hat, einen Espresso. Er bringt ihn kurz darauf. Ich verfolge meine Gedanken weiter. Sie kommen in Bildern: Ein kleines Mädchen liegt in einem Bett, in dessen Kopfende ein Herz ausgeschnitten ist, und verfolgt, wie die Sonnenstrahlen sich langsam aus dem Zimmer zurückziehen, wie erst Dämmer, dann Dunkelheit sich im Raum ausbreiten. Das kleine Mädchen glaubt, dass sich in der Dunkelheit jemand verborgen hält. Das kleine Mädchen kann den, der sich in der Dunkelheit verbirgt, atmen hören, seine Anwesenheit spüren. Das fühlt sich heiss und kalt an, als wäre die Haut mit Strom aufgeladen. Ihm ist klar: Im Zimmer befindet sich ein Mann, der das kleine Mädchen töten will. Wenn er das Mädchen nicht tötete, dann würde es seine Angst töten. Sein Verstand sagte ihm, dass es niemanden geben kann, der ein kleines braves Mädchen umbringen will. Mörder haben immer einen Grund, jemanden umzubringen. Sein Bruder, der als Rivale ein Motiv hätte haben können, war noch ein Baby. Ein Baby, das ein finsteres Gesicht hatte, das dunkle Haare umrahmten und dessen Gesichtshaut sich dunkelrot färbte, wenn es schrie. Unerbittlich war dieses Schreien und das kleine Mädchen nahm mit Genugtuung zur Kenntnis, dass seine Mutter es auch nicht mochte. Der Gedanke, dass Mörder immer ein Motiv haben, führte das kleine Mädchen zu einem weiteren Gedanken. Der lautete so: Wenn einer ohne Motiv tötete und er keine Spuren hinterliesse, dann wäre er nicht zu fassen. Das kleine Mädchen im Bett mit dem Herz war ich. Im Alter von fünf Jahren.

Ich widme mich meinem Espresso. Ich teile ihn in zwei Schlucke, rühre, um den Zucker aufzulösen. Ich trinke den letzten Schluck. Der ist süss wie Sirup mit einem bitteren Nachgeschmack. Sind meine Gedanken real oder fiktiv, eingebildet oder nicht eingebildet? Aber was sind sie dann, wenn ich sie nach siebenunddreissig Jahren abrufen kann? Der Kellner sieht meinen Arm in der Luft nicht, sieht nicht, dass ich Zeichen zum Zahlen gebe. Ich gehe an die Bar, um die Rechnung zu begleichen.

2

Am Abend sitzen alle am Eichentisch im Esszimmer – die beiden Jungen, der Mann, ich. Der Mann schiebt seinen Teller beiseite, greift nach dem Bierglas, lehnt sich auf dem Stuhl zurück, nimmt einen Schluck, lässt dann aus seinem Mund Luft ausströmen und sagt: Vielleicht geht heute Abend was? Er schaut mir dabei auf den Schoss, blinzelt mit den Augen und lächelt. Ich sitze neben ihm. Die beiden Jungen sind aufgestanden. Der jüngere, um in sein Zimmer zu gehen, der ältere, um sich Fleisch aus der Küche zu holen. Ich hatte Putenschnitzel gebraten, Reis und Bohnengemüse dazu bereitet. Als der ältere wieder am Tisch sitzt, erzählt er, dass er am Wochenende mit Freunden im Bordell war. Nicht so, wie ihr denkt, sagt er lachend. Wenn er lacht, dann gluckst er und seine Augen glänzen. Er schaut dann in die Augen der Anwesenden und bei dem, der seinen Blick erwidert, verweilt er. Als er ein kleiner Junge war, bestand sein Gesicht aus grossen traurigen Augen, die niemandes Blick suchten. Ich habe viel darüber nachgedacht woran das lag. Wenn ihm, dem kleinen Jungen, jemand seine Hand reichte, ihn begrüsste, dann sah er mit seinen grossen traurigen Augen auf den Boden oder an ihm vorbei nirgendwohin. Ich erklärte ihm, dass er in die Augen das anderen schauen solle. Er tat es nicht. Er schien abwesend, in einer anderen Welt, und ich verstand nicht warum. Adrian, so heisst der ältere Sohn, erklärt dem Mann, sie seien nach der Disco gegen fünf am Morgen an einem Bordell in der Bahnhofsgegend vorbeigekommen und hätten durch das Fenster geschaut. Die Nutten hätten Kaffee getrunken. Er sagt: Wir sind hineingegangen und die haben uns mit grossem Hallo begrüsst. Mit grossem Hallo, weil sie alles junge knackige Burschen gewesen seien. Die würden die Nutten wohl selten zu Gesicht bekommen. Der Mann sagt: Was? Erzähl mehr. Wir haben mit ihnen Kaffee getrunken, sagt der Sohn. Und weiter? – will der Mann wissen. Nichts. Dann sind wir wieder gegangen. Wir waren müde. So, so, sagt der Mann, steht auf, um eine weitere Flasche Bier zu holen. Er hat schon mehrere Flaschen Bier getrunken. Das Bier hat ihn locker gemacht. Als er nach Hause kam, erschien seine Statur kleiner und dünner als sonst und als er heute morgen aus dem Haus gegangen war. Etwas schien ihn zu beugen und liess ihn schleppenden Schrittes in sein Arbeitszimmer gehen. Er hat keine Kraft mehr, sich selbst zu tragen, dachte ich. Der Mann legte sich auf die Liege in seinem Arbeitszimmer und fiel in einen bleiernen Schlaf, wie er später sagte, und ich konnte ihn nicht fragen, wie viele Operationen er hinter sich hatte. Später, als ich das Abendessen kochte, duschte er und spazierte anschliessend mit einer Flasche Bier in der Hand durch den Garten, roch hier und da an einer Rosenblüte, an der Desert Island, der Charles Darwin, der Bourbon Queen, der Märchenfee.

Trink nur auch etwas Bier, sagt er zu mir, als er aus der Küche wieder zurückkommt. Das macht dich locker. Er lächelt mir zu. Es ist Pils, was er trinkt. Das mag ich. Manchmal.

Wenn ich mit dem Mann Sex habe, dann will ich, dass es schnell vorbei ist. Der Mann will geniessen. Er geniesst zu lange. Er ist dann nicht mehr erregt und versucht, sich in mir wieder zu erregen. Das dauert dann noch länger. Manchmal möchte ich dabei lesen oder fernsehen. Dann hätte ich auch etwas davon. Ich habe ihm vorgeschlagen, er soll es machen, wenn ich schlafe. Das wäre für mich immer noch besser, als wenn ich wach bin. Er lehnt das ab. Stattdessen besorgt er es sich selbst, neben mir, Sonntagmorgen, wenn er meint, dass ich noch schlafe.

Nach dem Essen habe ich das Geschirr abgeräumt und in den Geschirrspüler sortiert. Ich schreibe. Dazu verwende ich einen karierten Block, nicht das Notebook. Einen Spiralblock, A4, 100 Blatt. Die gibt es beim Discounter. Im Schreibwarengeschäft gibt es nur Spiralblöcke mit 80 Blatt. Der Mann achtete anfangs genau darauf, dass ich nur das Notwendige kaufe und von dem Notwendigen nur das Billigste. Mit anfangs meine ich am Anfang unserer Ehe. Das war vor 23 Jahren. Der Mann liess sich nicht umstimmen, deshalb beschloss ich, selbst Geld zu verdienen, und schrieb Texte für ein lokales Anzeigenblatt. Das war ebenfalls vor 23 Jahren.

Bevor der Mann ins Bett geht, sage ich ihm, dass ich im Gästezimmer schlafe. Wenn du meinst, sagt der Mann und zieht die Schultern hoch. Das sei auch schon egal. Im Gästezimmer befindet sich ein Zweimalzweimeter grosses Bett. Vom Bett aus kann ich durch die Dachfenster in den Himmel schauen, manchmal scheint der Mond auf mich und manchmal schlagen Regentropfen auf dem Glas über mir ein.

3

Heute ist Sonntag. Der Mann ist in einen Ort namens Dorf gefahren. Wir sind, wenn er frei hatte, immer sonntags nach Dorf gefahren. Der Mann hat seine Sachen zusammengepackt: einen Rucksack, eine Wasserflasche, Brotzeit, Äpfel. Der Mann geht auf einen der Berge, die um Dorf stehen. Die Berge sind dem Ort so nah, dass im Dezember nur bis mittags die Sonne auf Dorf scheint, dann verschwindet sie hinter dem Seeberggipfel. Der Mann hat sich seinen Rucksack über die Schulter gestreift, ist in seine Turnschuhe geschlüpft. Er zieht Bergschuhe nur an, wenn er einen Dreitausender besteigt. Er sagte, dass auf den Seeberg gehen nur ein Spaziergang sei. Früher sei er dort hochgejoggt. Der Seeberg ist 1538 Meter hoch. Der Mann hat in einen Apfel gebissen und von der Diele aus ins Haus gerufen, dass er jetzt fahre. Ich hörte die Tür ins Schloss fallen. In der Diele riecht es nach dem Mann. Er riecht nach überreifen Äpfeln, die Druckstellen haben, und nach Vanille. Ich mag den Geruch des Mannes. Vielleicht mag ich wegen dem Geruch des Mannes Apfelcidre und warmen Apfelkuchen. Ich kann mich nicht erinnern, dass ich, bevor wir uns kennengelernt haben, diese Dinge gemocht hätte.

In dem Ort Dorf gibt es vier Bauernhöfe aus vorigen Jahrhunderten, eine Kapelle und einen Bach. Wer auf dem Lehmweg durch Dorf spaziert, könnte meinen, er befinde sich in einer mittelalterlichen Filmkulisse. Im Bauernhof Nummer drei ist der Mann geboren. Wenn er gestorben ist, soll seine Asche vom Seeberg über Dorf verstreut werden. Das hat der Mann den beiden Söhnen so gesagt und mir, als wir uns kennengelernt haben und die beiden Söhne noch gar nicht gezeugt waren. Der Seeberg ist einer der fünf Berge, die Dorf umgeben – der Wendelstein, der grosse und kleine Traithen, der Seeberg und der Miesing. Der Seeberg hat keine markante Form, ist nicht besonders hoch und die Aussicht vom Gipfel ist keine besondere. Besonders ist die Stimmung um den Gipfel des Seebergs im November an Nebeltagen, die Geräusche, die Farben und das Licht. Der Mann und ich haben an solchen Novembertagen auf einer Bank unweit des Gipfels gesessen und den Tropfen, die von den gelben Blättern fielen, gelauscht.

Sonntags steigt der Mann auf einen dieser Berge oder einen in der Nachbarschaft. Wenn er am Nachmittag zurückkommt, fährt er den Lehmweg nach Dorf zu seiner Mutter zum Kaffeetrinken. So guten Kaffee wie in Dorf gibt es nirgends, sagt er. Das liege am Wasser. In der Zeitung stand, dass die Bewohner von Dorf kein Wasser aus der Leitung trinken sollen, weil das Gesundheitsamt im Wasser Darmbakterien gefunden habe. Das Gesundheitsamt vermutet, dass sie über die Wiesen von Hochkreuth, auf denen Kühe weiden und die Bergbauern Odel – so nennen die Leute in Dorf die Jauche – ausbringen, ins Trinkwasser gelangt sind, hatte ich vor einigen Wochen erzählt, als wir bei seiner Mutter am Kaffeetisch sassen. Ach ge', hatte der Ehemann geantwortet. Deshalb ist das Wasser ja so gut. Die Mutter des Ehemannes hatte gesagt: Weisst du, solange ich denken kann, haben wir nichts anderes als unser

Wasser getrunken, weil es so gut ist. Nur früher hat ja da keiner irgendwas gemessen oder solchen Zirkus gemacht.

In die Haut der Mutter des Ehemannes sind die Sonnentage der Bergsommer und die Sonnentage der Bergwinter eingebrannt. Der Klang ihrer Stimme ist ein Teil der Berge. Unerschütterlich. Ihre Stimme bricht nur, wenn sie vom Tod einiger ihrer Geschwister erzählt, vom Benn, der in der Früh tot neben seiner Frau lag. Benns Frau hatte es erst bemerkt, nachdem sie das Feuer im Küchenofen entfacht, den Kaffee aufgebrüht und die Zeitung aus der Zeitungsrolle am Gartentor hereingeholt hatte und ihn zum Kaffee holen wollte.

Stell dir vor, dabei lag er schon die ganze Nacht tot neben ihr, erzählte damals, kurz nachdem sie die Nachricht erhalten hatte, die Mutter des Ehemannes mit brechender immer leiser werdender Stimme. Tränen standen ihr in den Augen und die Winter- und Sommerbergsonne in ihrem Gesicht zog sich zurück, sodass die Haut blass und irgendwie leer aussah.

Ich bin nicht mit nach Dorf gefahren. Das erste Mal, seit dreiundzwanzig Jahren. Dem Ehemann hatte ich gesagt, dass ich einen Text für einen wichtigen Kunden schreiben müsse. Ich habe Expressauftrag dazu gesagt und dass ich ihn am Abend abgeben müsse. Der Ehemann hat schade gesagt und: Tu was du nicht lassen kannst. Er hat seinen Mund breit gezogen. Ein Lachen war das nicht. Ich wollte dem Mann sagen, dass wir uns später in Dorf treffen können, das ich nachkomme und wir auf dem Heimweg im See schwimmen können. Vor einigen Tagen noch hätte ich solche Dinge gesagt, damit die Qual aus dem Gesichtsausdruck des Mannes rutschte und er lächelte. Vor einigen Tagen noch sorgte ich dafür, dass er lächelte. Heute unterliess ich es. Ich kann nicht sagen, warum ich es unterliess.

Ich habe das Haus zwanzig Minuten nach dem Ehemann verlassen. Mit meinem Auto. Das ist neu. Ein Twingo ohne Zentralverriegelung, ohne Servolenkung, mit Schiebedach. Azurblau. Ich mag Blau nicht. Die einzige Farbe, die ich nicht mag. Das Auto stand auf dem Hof des Händlers. Ich musste keine Überführungskosten zahlen. Deshalb habe ich es trotz dem Azurblau geleast. Mein erstes Auto. Ein Zweitwagen in unserer Familie. Eine Katastrophe für die Umwelt, hat der Ehemann den Twingo genannt. Ein neues Auto. Was das an Energie allein schon für die Herstellung koste. Der Ehemann fährt mit einem Volvo V70, einem Kombi. Der ist drei Jahre alt. Der Ehemann kauft immer Autos, die drei Jahre alt sind und keine neuen, wegen der Umwelt, so sagt er. Ich verstehe nicht, was er damit meint. Ich fahre mit meinem azurblauen Twingo an diesem Sonntag in Richtung Salzburg auf der Autobahn. Ich weiss nicht, wohin ich fahren soll. Ich will unter Menschen. Viele Menschen gibt es am Rastplatz Irschenberg, wegen der Aussicht und dem amerikanischen Schnellrestaurant. Ich nehme die Ausfahrt Irschenberg, biege in die Strasse zum Schnellrestaurant ein. Das liegt auf der Kuppe eines Hügels. Wenn die Reisenden auf dem Parkplatz des Schnellrestaurants müde ihre Beine aus dem Auto fädeln, dann reiben sie sich die Augen und sagen: fantastische Aussicht. Sie meinen den Blick auf den Alpenhauptkamm. Ich fahre weiter zum Café Moarhof, eine Wirtschaft in einem Bauernhof. Es stehen viele Autos davor. Die meisten Menschen, die in den Moarhof einkehren, schauen vorher in die Wallfahrtskapelle, die neben der Wirtschaft steht. Der Eingang ist mit einer Gittertür versperrt. Im Innenraum sind Kerzen angezündet. Um den Altar herum liegen Rosen. Wie all die anderen Sonntagsausflügler gehe ich von der Kapelle zum Biergarten. Ich sitze an der Hauswand in der Sonne, höre Kuhglocken läuten, ab und zu taucht eine Kuh hinter einem Stadl auf. Am Nebentisch sitzen zwei Pärchen um die sechzig, gekleidet in Funktionswanderkleidung aus dem Sportfachgeschäft und sie tragen Markenbergschuhe mit Funktionssocken. Sicher tragen sie auch Funktionsunterwäsche und in einer der Taschen der Funktionsjacken wird eine Sonnencreme mit Bergsonnenschutzfaktor 50 und ein Handy stecken. Eine der beiden Frauen hat ihr silberblondes Haar zu einem Pferdeschwanz gebunden. Ein schwarzes Samtband hält es im Nacken zusammen. Die andere trägt ihr Haar offen. Die Vier unterhalten sich über ihre Kinder, die studieren. Der Mann neben der Frau mit silberblondem Haar sagt, dass sein Sohn zum achtzehnten Geburtstag einen Audi A3 und seine Tochter damals einen Mini Cooper bekommen habe. Nichts Grosses. Denn die Kinder sollen lernen, die Dinge selbst zu erarbeiten. Der andere Mann am Tisch stimmt zu. Er habe das genauso gemacht. Sein Sohn habe einen BMW der Einser-Serie geschenkt bekommen. Die Jugend braucht offene Wünsche. Das sei die Voraussetzung für Leistung, sagt er. Mit dem Auto und Freunden sei der Sohn gerade beim Segeln an der Nordsee. Ihre seien auch gerade unterwegs, sagt die Silberhaarfrau. Das Mädchen in Südafrika und der Junge beim Surfen in Dänemark. Sicher können sie von ihren Kindern auch noch sagen, dass sie BWL, Jura oder Politik studieren.

Das könnte ich von meinen Kindern auch erzählen. Nicht das mit den Autos. Autos müssen sich die Kinder nach dem Willen des Ehemannes selbst verdienen, so wie er sich sein erstes Auto verdienen musste, was ihm nicht geschadet habe. Der Ehemann würde ebenso zu den Männern am Tisch passen, die vielleicht Abteilungsleiter bei Siemens, Rechtsanwälte mit eigener Kanzlei oder Geschäftsführer eines Unternehmens sind. Der Ehemann ist Kardiologe. Leiter des Herzkathederlabors in dem neuen Krankenhaus auf der grünen Wiese, das sich von hier nur dreizehn Kilometer linker Hand an der Strasse, die auch nach Dorf führt, befindet. Ein Lehrkrankenhaus der Ludwig-Maximilians-Universität. Eines, das neu gebaut wurde, in dem es noch Posten gab. Der Ehemann ist ausserdem Dozent und Autor von Fachliteratur. Die Bedienung kommt. Sie trägt ein Dirndl und konzentriert sich auf Bestellungen und Zahlwünsche und darauf, dass das Bestellte an die richtigen Tische kommt. Das erfordert ihre gesamte Aufmerksamkeit. Deshalb kann sie vermutlich nicht lächeln. Ich bestelle mir einen Pfefferminztee, einen Orangensaft und ein Käsebrot. Es sind alles redliche Leute, die hier sitzen, denke ich. Die beiden Männer und Frauen am Nachbartisch. Die anderen Sonntagausflügler: Frauen im mittleren Alter, Familien. Sie sehen zufrieden aus. Das liegt am Herbstlicht, das alles weich zeichnet – die Berggipfel, die weissen Wolkenschleier am Himmel, die Wiese mit den Kühen drauf, die Katze, die um die Biertische schleicht, die Menschen, die Bier trinken, Kuchen und Brotzeit essen, reden, lachen. Für einen Sonntagnachmittag an einem solchen Ort bei einem solchen Licht ist es mir zu anstrengend, in den Gesichtern zu lesen, um eine Auswahl zu treffen. Das wäre der erste Schritt, den eine Verfolgerin tun müsste. Ich fasse einen Entschluss. Das ist eine einfachere Sache für einen Sonntagnachmittag. Ich fasse den Entschluss, meinem Wunsch nachzugehen. Andere würden sagen, die Kinder sind gross, jetzt kann ich wieder den Urlaub geniessen, Golf spielen lernen, einen Sonntag im Bett bleiben und lesen, allein fortfahren, mich wieder meinem Beruf widmen. Ich sage: Ich kann jetzt meinem Wunsch nach einem perfekten Mord nachgehen.

Ich bin bereits zurück, als am frühen Abend der Mann kommt. Er öffnet die Haustür. Ich höre wie er seine Schuhe in der Diele auszieht, tief seufzt und sagt: War das schön. Wunderschön. Ich sage ihm, dass ich mit ihm in die Stadt fahren und eine Kleinigkeit essen und ein Glas Rotwein trinken möchte. Er habe schon bei seiner Mutter gegessen. Ganz was Gutes. Einen Krustenbraten und Kartoffelknödel. Ich schaue ihm zu, wie er sich die Strümpfe, weisse Sportsocken, von den Füssen streift, und überlege, ob ich allein in die Stadt fahren und etwas essen soll. Ich stelle mir vor, wie Pärchen und Eltern mit Kindern im ›Ganz‹ sitzen oder beim Vietnamesen und ich allein an einem Tisch. Ich könnte in eine der Studentenkneipen fahren, in denen es viele Menschen gibt, die allein speisen, dabei Zeitung oder ein Buch lesen. Ich könnte Lisa anrufen oder Emilia und fragen, ob sie mich begleiten. Ich bleibe da, weil ich in Gegenwart des Mannes sein will. Der Mann, vermute ich, will ebenfalls, dass ich da bleibe, weil er sich dann wohler fühlt. Das kann ich seinem Gesicht ablesen. Wenn ich das Haus verlasse, um allein ins Kino, zum Essen oder in ein Konzert zu gehen, dann ist diese traurige Sehnsucht in seinem Gesicht. Seine

Haut spannt sich um seinen Mund, das macht einen schmerzhaften Ausdruck, den er mit einem angestrengten Lächeln wegwischen will. Ich bereite mir Gemüse und schwarze Linsen, öffne mir eine Flasche Rotwein, setze mich an die Stirnseite des grossen Eichentisches und zünde mir Kerzen an. Der Mann sitzt in seinem Arbeitszimmer vor der Webcam und telefoniert mit einem Kollegen in Seattle. Um den grossen Eichentisch ist viel Platz. Auf dem Parkett liegt ein matter Lichtschimmer. Ich kann vom Tisch aus über die Diele in das Arbeitszimmer des Mannes sehen. Ich kann ihn vor der Webcam sitzen sehen, wie er in sie hineinspricht. Er sagt: Oh yes, that's right. Nice. Let's do. Wait a moment. I'd like to show you some close-up shots of an open heart surgery. Der Blick durch die Diele in das Arbeitszimmer mit Mann vor dem Computer sieht aus wie ein Foto aus einer Zeitschrift für Architektur. Dafür habe ich gesorgt. Auch für den grossen Eichentisch. Den habe ich bei einem Schreiner bestellt. Eine lange Tafel, schlichtes Design, zwei Zentimeter höher als das Standardmass, weil die beiden Jungen und der Mann grösser sind als die meisten Menschen, Eiche gebürstet und gekalkt, so lautete der Auftrag. Der Schreiner liess den Tisch anliefern und der Mann sagte, als er den Tisch sah: Das hätte es nicht gebraucht. Ein Tisch aus einem Möbeldiscounter hätte es auch gemacht. Wo ist da der Unterschied? Ich habe ihm diese Frage nicht beantwortet und stattdessen schnell gesagt, dass ich den Tisch finanziere. Ich habe das Wort ›finanziere‹ gewählt, weil es sich bedeutungsvoller anhört, als hätte ich gesagt: Ich bezahle den Tisch. Der Mann lud den Schreiner ein, zu einer Brotzeit zu bleiben. Ich stellte Weissbierflaschen auf den Tisch, servierte Obatzten und frische

Brezen. Der Schreiner sagte, dass die Ringe von den nassen Bierflaschen wieder verschwinden würden. Der Mann zog die Augenbrauen hoch und sagte so, so und stiess mit dem Schreiner an.

4

Montag. Die beiden Söhne sind gefahren. Der ältere hat etwas Obst mit Müsli zum Frühstück verspeist, Orangensaft getrunken, der jüngere hat einen Toast mit Tomaten und Mozzarella gegessen und einen schwarzen Kaffee getrunken. Sie sind dann zum Auto gegangen, das vor dem Haus auf der Strasse parkte – einem Leihwagen, den der Ältere gemietet hat. Der Ältere studiert in Berlin, Geografie. Er nimmt den Jüngeren mit nach Nürnberg. Der studiert dort Sportökonomie. Sie haben gesagt, dass sie die Vormittagsvorlesungen ausfallen liessen, das sei bei Vorlesungen ohnehin kein Problem. Ich mutmasste, dass sie noch andere Vorlesungen und Seminare ausfallen lassen würden, und wollte etwas sagen, unterliess es aber. Wir haben uns umarmt. Der Ältere umarmt mich sehr vorsichtig. Ich stelle mir dann immer vor, wie er wohl seine Freundinnen umarmt. Der Jüngere mag Umarmungen nicht. Das war früher anders. Als Baby lag er sonntagmorgens lange neben mir ruhig im Bett und wir genossen die Wärme unserer Haut. Der Ältere hingegen strampelte als Baby sobald er die Augen geöffnet hatte und wollte heraus aus dem Bett. Die beiden sind ins Auto gestiegen, haben das Fenster heruntergekurbelt und ich habe gerufen, sie sollen auf sich aufpassen. Das sage ich immer. Ich stelle mir vor, dass meine Worte sie unverwundbar machen wie die Zaubersalbe im Märchen die Helden schützt.

Ich brühe mir schwarzen Tee, lasse ihn acht Minuten ziehen, giesse ihn in eine Kanne, rühre Agavensirup hinein und etwas Milch. Mit der Kanne und meinem Lieblingsteeglas, eines, aus dem Türken üblicherweise Tee trinken, aber auch Bulgaren und Russen, verschwinde ich in meinem Arbeitszimmer. Ich will es mir als Verfolgerin nicht leicht machen. Ich lese zuerst die Gesichter und wähle sorgfältig aus. Das tun nicht viele. Gorbowez, der 54-jährige Vollbärtige mit den sehnigen Bauernhänden, dem kräftigen Brustkasten und groben Gesicht hat sich keine Gedanken gemacht. Der hat sich einfach Leute, die ihm über den Weg liefen, geschnappt und ihnen das Herz aufgeklopft. Auch Kindern. Mit Hammer und Meissel. Nur um zu hören, ob der Mensch wirklich eines hat. Gorbowez ist eine Romanfigur. Ist er wirklich nur eine Figur? Vladimir Sorokin ist ein realer Autor mit realen Gedanken und Vorstellungen. Er hat den fiktiven Handlanger Gorbowez geschaffen, um ihn seine Gedanken und Vorstellungen ausführen zu lassen. Wenn Gorbowez eine fiktive Figur ist, sind dann seine Gedanken und Vorstellungen auch Fiktion?

Lisa ruft an. Ein Telefonat mit ihr dauert eine Stunde. Ich schenke mir Tee nach und rufe meine Mails ab.

Hallo, ich wollte einfach mal ein bisschen mit dir schwatzen, sagt Lisa.

Ich sage ihr, dass ich gerade keine Zeit habe. Termintexte. Ich weiss nicht, was Termintexte sind. Lisa fragt nicht danach. Kann sein, sie weiss es.

Lisa sagt nachdenklich: Mhm, aber ich habe nun mal jetzt Zeit und wenn du Zeit hast, dann habe ich wieder keine.

Sie lacht über ihre Worte. Ich schaue auf die Uhr. In einer dreiviertel Stunde ist es fünf nach elf. Viertel vor elf kann ich ihr sagen, dass ich dringend aufs Klo muss.

Wenn ich Glück habe, würde Lisa dann sagen, dass wir sowieso am Ende seien, sie habe eigentlich alles gesagt. Wenn sie das nicht sagt, würde ich ihr anbieten, gleich wieder zurückzurufen. Ich will Lisa nicht verärgern. Lisa fragt, wie es mir gehe. Ich sage ihr, dass ich vorige Woche gestorben sei und dass es mir seitdem gut gehe. Lisa lacht. Sie sagt, dass das nicht mein Ernst sei. Doch, sage ich. Aber es sei nicht weiter schlimm. Lisa ist Pathologin. Sie kennt sich aus mit Toten. Vielleicht lacht sie deshalb. Sie sagt, dass sie mit den Toten, die sie kennt, nicht telefonieren könne. Ich sage, dass es immer Ausnahmen gebe, und frage, wie es ihr gehe, um die Gesprächszeit abzukürzen. Sie wisse nicht so recht, ob es ihr gut oder schlecht gehe. Gut gehe es ihr, weil sie jemanden kennengelernt habe. Einen jungen Mann bei einer Wanderung, auf der Alm. Er habe an einer Holzhütte gelehnt und sich gesonnt. Schwarze Haare und fünf Jahre jünger als sie, gerade getrennt von einer Frau. Genau ihr Typ, er wolle sie anrufen. Lisa erzählt, was er gesagt, wie er sie angeschaut habe. Sie erzählt mir, wie sie seine Worte und Blicke deutet. Und sie beginnt dann mit dem zweiten Teil ihrer Einleitung: Ihr gehe es schlecht, weil alles beim Alten sei, nichts so recht vorwärts gehe. Sie wisse auch nicht, wie sie es benennen solle. Sie langweile sich. Nichts passiere. Jeden Tag in die Arbeit. Die sei okay. Aber es seien halt eben Tote. Niemand zum Reden. Die hätten schon etwas zu sagen, die Körper, die sie seziere und analysiere. Aber sie könne mit denen nicht reden, also schon, aber sie würde keine Antwort erhalten. Und Schmusen könne sie mit denen wahrscheinlich auch nicht, sage ich, weil ich lange nichts mehr gesagt habe. Ja, sagt Lisa, und das sei genau das Problem. Sie sei allein und ihr gehe es gar nicht gut damit. Ich sage ihr, dass ich zu zweit sei und es mir auch nicht gut damit gehe. Wir lachen. Dann ruft Lisa: Oh, ich muss fort. Es sei ja schon viel zu spät. Entschuldigung. Ein andermal.

Als Lisa sieben Jahre alt war, ist ihre Mutter fortgegangen, in den Osten, mit einem anderen Mann. Lisa hat mir das vor einem Jahr erzählt. Wir sassen hinter unserem Haus auf der Terrasse und tranken erst Rotwein und später Whisky. Wir haben viel gelacht und haben versucht, im Stehen im Garten zu pinkeln, um es den Männern gleichzutun. Immer wenn Lisa aus dem Dunkel des Gartens kam, sagte sie triumphierend: Es hat geklappt. Lisa hat ihre Mutter nie wieder gesehen. Sie weiss nur, dass sie gestorben ist, nicht wo sie begraben ist. Das sei ihr auch egal, sagte sie immer wieder, hob das Glas und wir stiessen an.

5

Niemand kann allein sein. Ich auch nicht. Deshalb habe ich mir Bücher in den Lesesaal der Bayerischen Staatsbibliothek bestellt. Die Stichwortsuche war nicht einfach. »Ihre Suche erzielte keine Treffer«, zeigte der Computer bei den Schlagwörtern ›Serienmord‹, ›Serienmörder‹, ›Serienmörderinnen‹ an. Unter dem Stichwort ›töten‹ fand das System 271 Einträge. Unter ihnen Titel wie ›Der gewaltsame Tod in der Vormoderne‹, ›Tod durch fremde Hand – ein Leitfaden für Staatsanwälte‹ oder ›Wir töten Stella, ein Text- und Kommentarheft für den Deutschunterricht‹. Im Lesesaal gibt es über tausend Arbeitsplätze auf zwei Ebenen. Sie sind alle besetzt. Ich suche mir einen Stuhl und schleppe ihn zu einem Fensterbrett. Ein Notplatz. Das genügt mir. Krähen fliegen vor den Fenstern auf, lassen sich auf den Bäumen nieder. Ich kann ihr Krächzen durch die Scheiben hören. Ich schaue mir das Bild einer Frau mit einem runden Gesicht und kleinen Augen an. Die sind hellwach. Ihr dünnes, braunes Haar steht kraus um ihren Kopf. Die Frau heisst Waltraud Wagner. Waltraud Wagner ist Schwesternhelferin und arbeitete in einem Pflegeheim in einer Kleinstadt in Österreich. Waltraud Wagner gibt es, so wie es Gesche Gottfried gab und die Marquise de Brinvillier. Sie sind nicht dem Geist eines Autors entsprungen. Die Marquise de Brinvillier tötete drei Menschen, mit Arsen. Im 17. Jahrhundert. In der Conciergerie in Paris, dem »Vorzimmer zur Guillotine«, habe ich ihr Bildnis an der Wand hängen sehen. Ich war mit dem jüngeren Sohn im vorigen Sommer in

Paris. Der Mann wollte nicht mit mir reisen. Er wolle für so etwas kein Geld ausgeben, sagte er. Keine Sache von dauerhaftem Wert. Ich verstand nicht, was er meinte, und fragte nicht nach. David und ich wohnten in der Rue de Orsel am Montmartre in der Wohnung eines Schauspielerehepaares, das zu einem Dreh in Toronto weilte. In der Rue de Orsel war die Hitze des Tages zwischen den Häuserzeilen eingesperrt. In der Wohnung des Schauspielerehepaares klemmten an den Schränken und lehnten an den Büchern in den Regalen Schwarz-Weiss-Fotos, auf denen beide zu sehen waren. Eine zierliche Frau mit dunklen schulterlangen Haaren, die ihn mit ihren grossen dunklen Augen einsog. Wie er aussah, daran kann ich mich nicht mehr erinnern. Wir sahen uns am Abend Charlie-Chaplin-Filme aus der Videothek des Paares an und streiften tagsüber durch die Sehenswürdigkeiten von Paris, einer Stadt, in der alles Leben eingemauert war: die Seine, die Bäume auf den Gehsteigen, die Blumen in den Parks, die Jardins selbst lagen hinter dicken Mauern verborgen oder waren von hohen Gitterzäunen mit spitzen Zacken eingesäumt. Auf unseren Streifzügen entdeckte ich in der Conciergerie das Bildnis der Marquise der Brinvillier, das sie kurz vor ihrer Hinrichtung im Jahre 1676 zeigte. Eine Frau mit einem runden Gesicht, zu einer verzweifelten Grimasse verzogen, die Augen gen Himmel verdreht. Gesche Gottfried tötete fünfzehn Menschen mit Mäusebutter, ein Fett gespickt mit Arsenkügelchen. Sie lebte im 18. Jahrhundert. Waltraud Wagner tötete neununddreissig Menschen. Mit Wasser. Waltraud Wagner lebt heute. Ich schiebe mein Buch beiseite und gehe meinen Vorstellungen, die sich zu Waltraud Wagner einstellen, nach. Dunkle Gänge im Pflegeheim, alte Gemäuer, eine

Villa, erbaut im 19. Jahrhundert, ein Park mit alten Linden, Kastanien, Buchen. In der Villa der Geruch von Desinfektionsmittel, Urin, Schweiss, Kaffee und Mittagessen. In den Gängen durch halboffen stehende Türen Stöhnen und Jammern. Heisse Luft in den Zimmern. Ich stelle mir vor wie Waltraud Wagner in die Zimmer der Bewohner tritt, sie anspricht: Guten Morgen Frau Merkur, heute ist ein wunderschöner Tag, klare Luft, blauer Himmel, der erste schöne Sommertag. Auf den Wiesen liegt frisch gemähtes Gras, das duftet. Frau Merkur lächelt und sucht den Blick von Waltraud Wagner. In Frau Merkur kann Waltraud Wagner noch Freude entzünden, die flackert über den Tag. Die Freude kann sie, Waltraud Wagner, leicht entflammen, wenn sie bei der alten Dame vorbeischaut und vom Duft der Linden im Park erzählt. Von Zeit zu Zeit muss Waltraud Wagner aufräumen. Nicht die Zimmer, sondern Bewohner. Die Greisin, einst Diva, die zusammengesunken auf ihrem Bett sitzt und nicht hört, wenn Waltraud Wagner von den Kamillenblumen auf den Wiesen im Park erzählt. Die ihr Jammern nicht unterbricht, wenn Waltraud Wagner vom Säuseln des Windes berichtet und vom ersten Herbsthauch, den er mit sich trägt. Waltraud Wagner zieht an solchen Aufräumtagen ihre gestärkte Schwesterntracht an, als steige sie in einen Schutzanzug, der sie verwandelt in eine andere Person. Was sie sagt, wird getan. Sie sagt es zuerst mit Blicken. Wer die Mundspülung bekommt, kann es ihrem Blick entnehmen. Diese Blicke durchdringen das Jammern der alten Diva, lassen es erst anschwellen, dann spitze Töne daraus hervorpreschen. Waltraud Wagner hält die alte Dame fest, als sie ihr den Becher an den Mund setzt. Das Jammern gebricht in Wimmern. Waltraud Wagner giesst das Wasser in ihren Mund und hält ihr dabei die Nase zu. Sie füllt solange Wasser in die alte Diva, bis die Lungen zum Bersten voll sind. Waltraud Wagner verlässt das Zimmer. Als sie wieder zurückkommt, liegt die alte Diva ruhig auf ihrem Bett. Sie faltet ihre Hände, bleibt für einen Moment im Zimmer sitzen, lauscht der Ruhe, stellt sich vor, wie dieses Zimmer gereinigt wird, wie frische Luft hereinströmt, Sommerduft getränkt mit dem Duft von frisch gemähtem Gras mit sich bringt. Wenn alles vorbei ist, geht Waltraud Wagner ins Dienstzimmer, zieht den Aktenordner der alten Diva aus dem Schrank, vermerkt das Todesdatum unter dem Geburtsdatum auf dem Ordnerrücken und stellt ihn zu den anderen in die Ablage.

Ich bin umgezogen, vom Notplatz zu einem dieser quadratischen Tische mit Steckerleiste und Leselampe. Es ist neunzehn Uhr. Im Lesesaal sind mehrere Plätze frei geworden. Die Menschen an den Tischen sind auf die Texte konzentriert, die sie vor sich haben. Manche starren auf Formeln und Zahlenreihen, manche tippen Zahlen in Taschenrechner, manche beschriften Karteikärtchen und markieren Text mit gelbem, rotem, orangem Textmarker. Ich schliesse die Augen und höre nur auf die Geräusche. Der Ort, an dem ich mich befinde, könnte auch ein Spielcasino sein. Im Spielcasino ist das Klicken der Jetons zu hören, das Rollen der Kugel, ihr Klacken, wenn sie über die Zahlenkästchen huscht. Im Spielcasino ist der Atem der Herumstehenden zu hören, wenn sie ihn ausströmen lassen, vermischt mit Tönen der Freude oder Enttäuschung. Im Lesesaal klacken die Tasten der Laptops, sind das Rutschen der Stühle und die dumpfen Tritte der Vorbeilaufenden auf

Teppichboden zu hören. Hier und da eine leise Melodie vom Handy oder ein kurzer Piep. Die Leselampen auf den Tischen sehen aus wie Weihnachtsbeleuchtung. Es riecht nach Seife. Nach dieser rosa Flüssigseife, die es auf der Toilette gibt. Die hat die Konsistenz von Sperma. Ich brauche eine Pause und verlasse den Lesesaal. Im Erdgeschoss sitzen Studenten auf Fensterbrettern. Sie essen eine Banane, ein Brot, einen Apfel, trinken Wasser oder Kaffee. Aus Pappbechern. Coffee to go gibt es im U-Bahnhof ›Universität‹, am Ausgang, der direkt in die juristische Bibliothek führt. Ich laufe zweihundert Meter gegen Regen, Kälte und Wind an. Die Gesichter, in die ich unterwegs schaue, sehen aus, als würden sie kurz aus einem See auftauchen, Luft holen, gleich wieder abtauchen und weiterschwimmen. Ich laufe schnell zurück mit dem coffee to go in der Hand. Schnell, damit er nicht abkühlt.

Nur noch wenige Leselampen sind an. Die Lesenden sind mehrmals über Lautsprecher aufgefordert worden, den Lesesaal zu verlassen. Die Bibliothek schliesst um Mitternacht. Die Frau, die neben mir sitzt, hat ihr Schreibheft auf meinen Arbeitsplatz geschoben. Sie notiert sich etwas in ihrem Buch, das mit gelben Haftnotizzetteln vollgeklebt ist. Unauffällig kann sie lesen, was ich mir notiere. Ich verwende Gift, wie die anderen Frauen, steht auf meinem Block. Wir lächeln uns an. Ich packe meine Bücher zusammen, schaffe sie zurück zu den Regalen. Platziere sie unter der Benutzernummer. Alle tun das. Es sind nicht mehr viele da. Vielleicht fünfzig Menschen. Wir gehen durch das Foyer, vorbei an den diensthabenden Bibliothekaren, die kontrollieren, was wir in den Händen haben.

In der U-Bahn auf dem Weg nach Hause entdecke ich einen Mann, der für mein Vorhaben in Frage kommt. Ein Asiate. Vielleicht Chinese. Er ist in einen beigen Daunenmantel gehüllt. Der reicht ihm bis zu den Fussknöcheln. Er trägt Turnschuhe. Er sieht müde aus. Seine Augen sind rot unterlaufen. Sein Gesicht ist hager und gelb, als hätte er Gelbsucht. Warum er für mein Vorhaben in Frage kommt? Weil ich keine Spuren von Empfindungen in seinem Gesicht sehe. Keine Spur von Wut, Angst, Enttäuschung, Lachen, Schmunzeln. Alles erloschen. Gelöscht, wie man Daten von einer Festplatte löscht. Nur noch der Hauch von einer Spur, aber trotz mehrmaliger Returnversuche keine verwertbare Datei mehr. Nicht eine.

6

Der Mann ist erst in der Früh nach Hause gekommen. Gegen acht Uhr. Eine Notoperation. Der Sohn eines Kollegen. Zusammengebrochen. Kardiomyopathie. Einzige Rettung künstliches Herz. Er sagt das genau so. Dabei stützt er sich auf die Arbeitsplatte in der Küche, lässt den Kopf hängen und hechelt wie ein Marathonläufer, der gerade ins Ziel eingelaufen ist. Das Gesicht des Mannes ist grau, die Wangen sind eingefallen, die Mundwinkel nach unten gezogen, auf der Stirn zwei Falten. Der Mann sagt, dass er vorhin auf dem Rückweg aus der Klinik angehalten hat, in den Wald gelaufen sei, gejoggt ist, dann auf einem Bootssteg gesessen habe und jetzt duschen werde. Ich solle ihm ein Frühstück bereiten. Etwas Leichtes. Ich presse Orangen aus, koche ein Ei, vier Minuten, toaste weisses Brot, stelle Honig auf den Tisch, eine Kanne schwarzen Kaffee. Ein breiter Lichtstrahl liegt auf dem Tisch. Das Sonnenlicht vergoldet das Ei, die Orangen, den Toast und die Kaffeekanne, selbst den Honig. Golden schimmerten die Haare des Mannes, wenn wir Skifahren waren und die Mittagssonne hindurchschien. Wir waren in den ersten beiden Wintern, nachdem wir uns kennengelernt hatten, oft Skifahren in den Bergen um seinen Heimatort Dorf. Der Mann lachte und strahlte, bevor er sich in die Abfahrten schwang, als sei er in Licht getaucht. Seine Lippen hatte er mit einer weissen Fettcreme eingeschmiert. Sie sahen aus, als seien sie mit Raureif überzogen. Ja, das ist jetzt genau das Richtige, sagt er, als er aus der Dusche kommt und sich an den Tisch setzt. Die

Welt sehe gleich wieder viel besser aus. Er lacht mich an. Das Lachen verzerrt sein Gesicht. In den Gesichtspartien um seine Augen steckt Anspannung. Ich weiss nicht, ob ich ebenfalls lachen oder etwas sagen soll. Er streichelt mir über die Wange, wie man einem Kind über die Wange streichelt. Er sagt: Lach doch mal. Ich kann nicht lachen. Er holt tief Luft, schenkt sich Kaffee ein, nimmt sich einen Toast, bestreicht ihn mit Butter, träufelt Honig darüber. Er sagt dabei: Du bist immer so ernst. Du musst mehr lachen. Probier es doch einfach mal aus. Du musst keine Angst davor haben. Lachen macht schön. Er lacht mir erneut ins Gesicht. Dazu beugt er sich vor und dreht den Kopf nach rechts, um mein Gesicht überhaupt sehen zu können. Tiefe Falten ziehen sich von den Mundwinkeln über seine Wangen. Seine Haut ist immer noch grau. Seine eisblauen Augen lachen nicht. Sie sind trüb. Ich weiss nicht, was ich sagen oder tun soll. Ich denke an die Mai-Ling-Geschichte. Es war unser erster Winter. Der Mann nahm mich zu einer Weihnachtsfeier mit, stellte mich seinen Kollegen vor. Er sagte ihnen, dass ich auch schon etwas Bairisch könne, obwohl ich aus dem Norden käme. Er schaute auf mich herab – so habe ich es in Erinnerung, der Mann ist tatsächlich nur wenige Zentimeter grösser als ich – und sagte: Nun Mai Ling, sag doch mal was auf Bairisch.

Der Mann nimmt sich einen zweiten Toast. Ich sage ihm, woran ich gerade denke. Das erscheint mir am einfachsten. Ich erzähle ihm die Mai-Ling-Geschichte. Der Mann sagt, dass ich damals noch so nett gelacht habe. Ich sage, dass ich nicht gelacht habe, sondern am liebsten davongelaufen wäre. Ich sage, dass ich mich geschämt habe. Was? Der Mann dehnt das ›a‹ im Wort *was.* Geschämt hast du dich? Er steht auf. Er müsse sich nun etwas hinlegen. Ich solle ihn gegen drei Uhr wecken, spätestens.

7

Gifte unterliegen dem Wandel der Zeit. Blausäure, Arsen, Zyankali, all die namhaften Gifte sind heute aus der Mode gekommen. Zu auffällig. Der Geruch. Die Wirkungsweise. Beliebt seien heute Herzkreislaufmittel, Morphium, Rizin, Metalle wie Polonium und Thallium, lese ich in einem Interview mit einem Toxikologen. Ich brauche ein Gift, das sich für meine Zwecke eignet. Ich verfolge als Verfolgerin ausgewählte Menschen in den U-Bahnen, auf den Strassen, Plätzen, um sie unauffällig im Vorübergehen zu töten. Das Gift muss sich leicht injizieren lassen, durch die Kleidungsstücke hindurch, einfach so im Vorübergehen. Luft ist nicht geeignet. Die muss intravenös injiziert werden. Herzkreislaufmedikamente eignen sich ebenfalls nicht. Die müssen in einer Überdosis verabreicht werden. Zu aufwändig. Rizin eignet sich. Es ist einer der giftigsten Eiweissstoffe in der Natur. Es genügen fünfundzwanzig Mikrogramm reines Rizin, um einen Erwachsenen zu töten. Das dauert dann nach Einnahme etwa zwei Tage. Kreislaufversagen, so sieht es von aussen aus. Etwas in der Art wie der Mord an dem bulgarischen Schriftsteller Georgi Markow im Jahre 1978 stelle ich mir vor. Er spazierte in London über die Waterloo Bridge und wurde scheinbar zufällig im Vorübergehen von einem Passanten mit der Regenschirmspitze am Unterschenkel berührt. Die Regenschirmspitze war mit Platinkügelchen, die Rizin enthielten, präpariert. Wie die Arsenkügelchen in der Mäusebutter der Gesche Gottfried. Rizin sei leicht zu beschaffen, heisst es im Internet. Zwei bis vier Samenkörner der Rizinuspflanze genügten, um eine tödliche Dosis herzustellen. Samen seien in jedem Gartenmarkt erhältlich. Auf der Website eines Schweizer Labors steht geschrieben, dass reines Rizin leicht aus dem Samen gewonnen werden kann. Nur wie?

Ich verfolge die Kommunikation in einem Chemiker-Chat. Die Teilnehmer nennen sich *nobody*, *ricinus* und *caliumzyanid*. Es könnten Gymnasiasten sein. Leistungskurs Chemie. *Nobody* fragt die anderen, ob sie vielleicht alle ihnen bekannten Gifte aufzählen und schreiben können, was sie bei Einnahme im Organismus bewirken und wie ihre letale Dosis sei. *Caliumzyanid* fragt, ob sein Nachbar auch so einen nervigen Köter habe wie der seine. *Nobody* macht darauf aufmerksam, dass es verboten sei, eine Kochanleitung gefährlicher Rezepturen zu posten. Okay, antwortet *Caliumzyanid* und kommt zum Thema. Wenn man ein Kilogramm von Pu – er meint Plutonium – über der Erde verteilen würde, wäre die ohne Lebewesen. Nicht wegen der Radioaktivität, sondern weil Pu so giftig sei. Mein Lieblingsgift ist Colchicin, schreibt *ricinus*. *Nobody* antwortet, dass er heute auf eine Anleitung eines sehr gefährlichen Stoffes gestossen sei. Die anderen stellen Vermutungen an: Meinst du gewisse Phosphorsäureesterderivate oder Phosgen? *Caliumzyanid* schreibt, dass er froh sei so einen Gasschutzanzug zu besitzen. Er habe ihn sich geholt, weil er nur dreizehn Euro gekostet habe, und dass er darin aussehe wie ein grauer Teletubbi. *Nobody* erwidert, dass er nicht viel bringen werde, wenn er nur dreizehn Euro gekostet habe. Das Ding stamme aus NVA-Beständen, schreibt *Caliumzyanid*, und dass man Phosphorverbindungen auch problemlos ohne Schutzanzug in der eigenen Küche herstellen könne, wenn man im Milligrammbereich bleibe. *Nobody* stimmt zu. Es sei kein Problem, harmlose Dinge herzustellen, wie Rizinusöl. Bei der Verarbeitung falle automatisch das Produkt zur Herstellung des Giftes ab. Aus den Samen von Rizinus wird das Öl gepresst, aus dem Rest der Samen könne man ganz easy Rizin gewinnen. *Ricinus* schreibt, dass man nur mal schnell nach Russland zu jetten brauche und dort ein Kilo Plutonium auf dem Schwarzmarkt kaufen könne. *Nobody* macht nochmals dezent darauf aufmerksam, dass hier keine reellen Vorschläge gemacht werden dürften, um anderen Schaden zuzufügen. Auch wenn es nur um Hunde gehe. *Caliumzyanid* regt sich auf: Glaubt ihr wirklich, ich würde reelle Vorschläge machen, um den Nachbarsköter zu ermorden? Nein, so bin ich nicht, ich bin tierlieb. Aber der Hund hat ja einen Besitzer.

Ich stelle mir die Gesichter der drei vor, die sich fachkundig im Chat austauschen. Ich stelle mir vor, sie sind sechzehn oder siebzehn Jahre alt, haben pickelige Aknehaut, trinken Cola oder Red Bull an ihrem Computer und essen Chips, haben in ihrem Zimmer, von dem aus sie chatten, noch einen Fernseher stehen. Ein Fussballspiel läuft gerade. Ich stelle mir vor, bei einem liegt ein Hund unter dem Schreibtisch, bei einem anderen ruft die Mutter aus der Küche, dass das Essen fertig sei. Wenn ich die Chatkommunikation lese, komme ich mir vor, als verfolgte ich eine Samstagabend-Comedy im Fernsehen. Samstagabend in Deutschland ...

Die Erde hat sich von der Sonne weggedreht. Mattes oranges Licht ist am Horizont zu sehen. Das verschwindet in wenigen Minuten ebenfalls im Erdschatten. Noch wenige Wochen, dann werden die Tage länger. Ich brühe mir Tee auf, presse mir eine Orange aus und kehre an den Schreibtisch zurück. Auf einer Website namens Todeslust empfiehlt jemand, sich vierzehn Tage frei zu nehmen, wenn man sich entschliesst Rizinussamen zu kauen, um sich umzubringen. Keine schöne Sache, schreibt er. Oder vielleicht ist es eine Sie? Sehr qualvoll, heisst es weiter im Text. Es gebe bessere Methoden. Ich gebe als Suchbegriff »Herstellungsanleitung für Rizin« ein. Es erscheinen Pressemeldungen: »Herstellungsanleitung für Rizin gefunden. Zumindest beschäftigt sich al-Qaida auch mit der Herstellung von Biowaffen«, »Kreml warnt vor Ultragift Rizin«. Rizin fällt unter die Biowaffen- und Chemiewaffenkonvention. Es eigne sich zwar nicht für grössere Anschläge, aber für Anschläge gegen Einzelpersonen, lese ich. Meine Suche im Internet kann verfolgt werden. Ich lande auf einer Website, deren Adresse www.rizin.org lautet. Auf schwarzem Hintergrund stehen in Weiss die Zahlen Null und Eins. Ich schliesse sie sofort. Ein Reflex. Wie man die Finger wegzieht, wenn man eine heisse Herdplatte berührt. Ich denke an die Leute vom Bundesnachrichtendienst, die bei Demonstrationen herumstehen oder -sitzen. Sie sehen aus, wie man sie sich vorstellt: Sie treten auf als Pärchen oder allein. Sitzen dann auf einer Bank, tragen Sonnenbrillen mit schwarzen Gläsern und lesen Zeitung. Sie reden kein Wort. Ihre Gesichter sind verschlossen. Es liegt nur eine Empfindung auf ihnen. Anspannung. Vielleicht sitzen gerade jetzt, da ich nach Rizin recherchiere, Leute vom Bundesnachrichtendienst irgendwo an Computern, ohne Sonnenbrille zwar, aber mit dem Ausdruck dieser Anspannung. Es muss anstrengend sein, diese Anspannung zu halten. Wie lange kann so eine Anspannung gehalten werden? Vielleicht schmerzt es nach drei Stunden so sehr wie ein Bein schmerzt, das nach acht Wochen aus der Fixierung befreit wird. Wie bewegt man so ein Gesicht wieder?

Ich bin müde von der Reise im Internet auf der Spur von Rizin. Ich gebe noch einmal die Website des Schweizer Labors ein. Es ist das Hochtox-Labor des Bundesamtes für Bevölkerungsschutz in Spiez. Ein Hochsicherheitslabor zur Prüfung von Schutztechnologien gegen ABC-Waffen. Ich notiere mir die Telefonnummer des Informationschefs. Ich werde ihn anrufen und nach Rizin fragen.

Es ist fünf Uhr. Nur noch wenige Streifen lichtes Grau am Himmel. Ich öffne das Fenster. Milde Luft strömt herein. Föhnluft. Bei Tageslicht könnte man von München aus die Berge sehen. Das weckt den Reflex, die Hand auszustrecken und nach ihnen zu greifen. Die Berge sind versteckt in der Dunkelheit, keine Kontur eines Bergrückens zu erkennen. Ich wecke den Mann. Er weiss nicht welcher Tag ist. Ich sage ihm, dass wir in die Stadt fahren ins ›Ganz‹, dass ich dort einen Tisch reserviert habe. Er sagt, dass er nicht essen gehen mag. Das sei ihm zu teuer. Dafür wolle er kein Geld ausgeben. Es würde mir gut tun, einfach mal raus, sage ich. Und ihm auch, füge ich hinzu, ohne vom Inhalt meiner Aussage überzeugt zu sein. Er werde nochmals in die Klinik fahren, nach dem Sohn seines Freundes sehen, er bleibe nicht lange, vielleicht könne ich etwas kochen. Wenn nicht, mache er sich selbst etwas. Ich ermittle, ob es für mich gut ist, allein ins ›Ganz‹ zu gehen. Ich lasse

Gedanken dazu in mir passieren und Bilder. Die sind von solcher Art: Ich habe tagsüber gearbeitet, recherchiert, geschrieben an meinem neuen Projekt. Deshalb darf ich ins ›Ganz‹ gehen und dort speisen, mir Kalbsbraten und Süsskartoffeln von den Bedienungen mit den langen schwarzen Baumwollschürzen, die sie um die Hüfte geschlungen haben, servieren lassen. Ich stelle mir vor, dass eine Flasche Rotwein neben meinem Essen auf dem Tisch steht, der Flaschenhals abgebunden mit einem weissen Tuch und etwas von dem violett schimmernden Rotwein in meinem Glas. Für die Heimfahrt werde ich mir ein Taxi bestellen. Der Mann wird im Bett liegen und schlafen oder lesen oder allein am Tisch sitzen und essen. Ich stoppe diese Bilder und verweile bei denen mit dem gedeckten Tisch und der Rotweinflasche im ›Ganz‹. Ich wähle mein rotes Strickkleid aus und den goldenen Ring mit dem Rubinstein, schlüpfe in die hochhackigen roten Pumps. Dann ziehe ich das Strickkleid wieder aus, wähle Jeans und einen roten Strickpullover aus. Ich trage diese Sachen zum ersten Mal. Kurz bevor ich gehe, ziehe ich den roten Pullover und die roten Pumps aus, schlüpfe stattdessen in meine schwarzen Stiefel mit den Blockabsätzen und streife mir meinen grauen Strickpulli über.

8

»Goldmann, erbitte Ihren Rückruf«. Die Goldmann hat angerufen und in monotoner Tonlage ihre Nachricht auf dem Anrufbeantworter hinterlassen. Ich rufe zurück. Ein Termin in Zürich. In der Firmenzentrale eines Pharmaunternehmens, sagt sie. Ob ich Zeit hätte. Ich frage, um was es gehe. Das wisse sie auch nicht. Wohl eine grössere Sache. Auf alle Fälle präsentiere sie schon mal Entwürfe für die neue Firmenzeitung. Ich solle ihr bis heute Abend ein Konzept vorlegen und einen Namen vorschlagen. Geld könne sie mir dafür keines geben, dafür eine Mitarbeit anbieten als freie Autorin, falls sie den Auftrag bekomme. Die Goldmann ist Inhaberin einer Werbeagentur. Die befindet sich in einem Bauernhof südlich von München. Im Erdgeschoss. Sie wohnt im ersten Stock. Mit ihrer autistischen Tochter und einem West Highland White Terrier. Der bringt jedem, der das Haus betritt, einen roten Ball und legt ihn vor seine Füsse. Wenn man auf einem Stuhl Platz genommen hat, hüpft er auf den Schoss und lässt sich kraulen. Die Goldmann redet auf den Hund ein, er solle dies nicht tun. Sie meint das nicht ernst und der Hund nimmt es nicht ernst. Die Goldmann hat eine tiefe Altstimme. Wenn sie spricht, bleibt die Tonlage ihrer Stimme auf derselben Frequenz. Sie lässt keine Höhen und Tiefen entstehen, nur laut und leise. Ich schreibe gelegentlich im Auftrag der Goldmann Sätze wie »Fast is too slow for us.« Oder: »Today, we can view distant galaxies. Which boundaries will we reach tomorrow?« Solche Sätze bringen tausendzweihundert Euro ein. Jedes Wort gut bezahlt. Ich sage der Goldmann, dass ich bereits tags zuvor in Zürich sein werde und wir uns am besten in der Firmenzentrale treffen. Am Empfang. Die Goldmann sagt, dass sie nicht wisse, ob sie am Empfang zu erreichen sein werde. Vielleicht trinke sie mit der Firmeninhaberin Kaffee. Schliesslich sei sie ihre Freundin. Oder der Prokurist lade sie zum Essen ein. Das mache er jedes Mal, wenn sie komme. Der Prokurist sei ein langjähriger Freund von ihr, er vertraue ihr alles, was es in der Firma gibt, an, auch die Sorgen mit der Unternehmerfamilie, obwohl sie selbst eng befreundet mit der Unternehmerfamilie ist. Der hat so ein grosses Vertrauen zu mir, wissen Sie, dass er mir sogar seinen Kummer mit der Familie erzählt. Sie wiederholt die Sätze mehrmals, und ich mutmasse, dass sie das tut, weil ich das grosse Vertrauen des Prokuristen in sie nicht ausreichend würdige. Deshalb wiederhole ich meine würdigenden Sätze: Ja, das ist wirklich grossartig und spricht sehr für Sie, sage ich mindestens fünf Mal. Beim fünften Mal leise und im gleichen, monotonen Tonfall wie die Goldmann spricht. Ich sage lauter und in einer höheren Tonlage, dass ich dann eben am Empfang nachfragen werde, wo sie sei. Wenn die das wissen, dann ist es ja gut, erwidert die Goldmann. Sie zieht wahrscheinlich beim letzten Satz ihre Schultern hoch, runzelt die Stirn, schaut über die Brillengläser und lässt die Mundwinkel nach unten fallen, mutmasse ich, weil die sich leicht ändernde Tonlage ihrer Stimme meist mit der Abfolge dieser Mimik verbunden ist.

9

Ich fahre mit dem Zug nach Zürich. Mir gegenüber sitzt ein älteres Ehepaar. Sie liest in einer Ökozeitung, manche Sätze laut für den Mann. Der Zug hat Verspätung. Die beiden tauschen sich laut darüber aus, ob sie ihren Anschlusszug nach Bern bekommen, als wollten sie mich absichtlich daran teilhaben lassen, was sie bewegt und warum es sie bewegt. Sie haben eine Fahrt mit dem Glacier Express gebucht und müssen den Anschlusszug nach Basel in Zürich erreichen. Die beiden zucken ratlos mit den Schultern. Im Abteil ist Unruhe. Eine junge Frau muss zum Flughafen, ihr Flug geht in anderthalb Stunden. Die Schaffnerin sagt, dass man so knapp nicht zum Flughafen fahre. Do you speak english, fragt ein Mann mit dunkler Haut, das ältere Ehepaar, das zum Glacier Express will. No, no, sagt der Mann und fuchtelt mit seinen Händen in der Luft herum, als wolle er Fliegen vertreiben. Der Zug kommt in Zürich gegen fünfzehn Uhr an, Gleis dreizehn. Ich habe noch zwei Stunden Zeit, bis ich mich mit dem Informationschef des Hochtox-Labors in der Bar des Hotels Savoy treffe. Ich bin ruhig. Wenn der Zug verspätet in Zürich einfährt, betrifft mich das nicht. Deshalb beobachte ich die aufgeregten Fahrgäste wie man einen Film im Fernsehen anschaut. Ob die Frau ihr Flugzeug bekommt und was sie tut, wenn sie es nicht mehr erreicht, erfahre ich nicht. Es sei der letzte Flieger, der am Abend geht. Wohin kann ich nicht hören. Vermutlich muss sie sich ein Zimmer im Hotel nehmen. Der Zug kommt um eine halbe Stunde verspätet in Zürich an. Ich spaziere durch die Bahnhofshalle. An einem Geländer, hinter dem eine Rolltreppe in die Untergeschosse führt, lehnen drei junge Männer. Zwischen ihnen jeweils ein Meter Abstand. Ein jeder hat seine Hände in den Taschen, und zwei haben die Kapuze vom Kapuzenpullover über den Kopf gezogen. Der Dritte nicht. Sie bilden ein Muster. Das ist unterbrochen durch den einen, der die Kapuze nicht über den Kopf gezogen hat. Ich denke: Die drei sind eine Art Kunstwerk, das sich zufällig ergeben hat. Zufallskunst. So gesehen liesse sich die Welt in Kunstareale einteilen, die sich fortwährend auflösen und neu konstituieren. Fotografen halten so etwas fest. Der Anschlag auf das World Trade Center am 11. September sei »das grösste Kunstwerk, das es je gegeben hat«, sagte der Komponist Karlheinz Stockhausen, und die Zeitungen druckten es kurz nach dem Anschlag. Kurz nach dem Anschlag war so etwas zu sagen verboten. Kurz nach dem Anschlag erlegte sich die Presse selbst eine Zensur auf. Die drei Jungen, die am Geländer in der Bahnhofshalle lehnen, kennen sich vermutlich nicht. Ich drücke auf den Auslöser meiner Kamera und suche nach weiterer Zufallskunst. Von der Hallendecke hängt ein Engel von Niki de Saint Phalle. Hinter einem Bauzaun wird ein Weihnachtsmarkt aufgebaut. Eine Tanne, die bis unter die Hallendecke reicht, ist in eine weisse Lichterkette gewickelt. Die Stellwände für die Buden liegen gestapelt um den Christbaum und sind in Cellophan verpackt. Sie liegen um die Tanne herum wie Weihnachtspäckchen. Ich streife gern auf Bahnhöfen umher. Auf dem Berliner Hauptbahnhof, dem Gare de l'Est in Paris, dem Münchner Hauptbahnhof.

Ich gehe in das amerikanische Selbstbedienungs-Café im Südwesten der Zürcher Bahnhofshalle. Es befindet sich in einem Glaskubus neben der Rolltreppe. Hinter den Glasscheiben der Theke liegen Muffins und Donats. Ich kaufe mir eine heisse Schokolade und setze mich auf einen der Hocker. Es stehen nur noch zwei von den Jungen mit den Kapuzenshirts an der Rolltreppe. Das kann ich durch den Glaskubus sehen. Ich lege meine Kamera auf den Tisch, richte das Objektiv zur Theke aus. Ich drücke gelegentlich, unauffällig, sodass es keiner bemerkt, auf den Auslöser, schaue mir die Fotos im Display an. Die Kamera liegt gut. Ich erwische die Gesichter. Gesichter von Menschen, die sich unbeobachtet fühlen, sind in sich gekehrt, als würden sie nichts von der Welt wahrnehmen. An der Wand hinter der Theke sind grosse Kreisflächen erleuchtet. Das gibt einen guten Hintergrund und ein sanftes Licht für die in sich gekehrten Gesichter. Der junge Mann hinter der Theke, der aussieht wie ein Italiener, reicht seine Hand über den Tisch, lässt sich Geld von einem Reisenden hineinlegen. Der, der Geld hineinlegt, ist Familienvater. Seine beiden Kinder sitzen auf den Hockern am Tisch und warten. Sie sprechen englisch. Der Mann trägt einen orangen Anorak, seine Haare sind grau. Über seinem Gesicht liegt ein Schleier, gewebt aus Erschöpfung und Traurigkeit. Er reicht das Geld über die Theke und schaut dem jungen Mann nicht in die Augen. Er ist mit seinen Gedanken woanders. Bei der Arbeit? Vielleicht ziehen die Vorwürfe, die seine Frau vor ein paar Stunden ihm durchs Telefon mit auf den Weg gab, gedanklich an ihm vorbei. Vielleicht kommen die drei von der Schwiegermutter, die schwerkrank ist. Ein letzter Besuch.

Es liegt an Vater, dass ich gerne auf Bahnhöfen herumstreife. Manchmal sehe ich ihn. Zuletzt vor einem Jahr auf dem Lehrter Bahnhof in Berlin. Ich sass im Untergeschoss auf Gleis neun auf einer Bank, schleckte Eis. Er schlenderte den Bahnsteig entlang. Die Knie seiner Uniformhose waren wie immer ausgebeult, Falten in den Ärmeln, Staub auf dem Revers. Unter der Schirmmütze quoll sein blondes Haar hervor. Er ging den Bahnsteig im zweiten Untergeschoss entlang, vorbei an den Leuchtanzeigen, den aus Holz ausgeschnittenen Bahnmännern, vorbei an den Koffer ziehenden Reisenden, die Rolltreppe hoch in Richtung Glaskonstruktion, in Richtung Licht. Wegen der vielen Geschosse, dem Glas, dem Stahl, der Konstruktion der Räume, in die man hinunter oder hinauf blicken kann, wegen der Blickachsen in den Himmel, unter die Erde, auf die Stadtlandschaft, die Spree, das Ufer wirkt der Bahnhof menschenleer. Vielleicht sehe ich Vater auch auf dem Zürcher Bahnhof. Vielleicht beim Weihnachtsmarkt. Vielleicht spricht er dort mit einem der Arbeiter, die den Bauzaun errichten. In meiner Vorstellung raucht er, weil er immer geraucht hat. Am 2. August 1990 ist Mutter gestorben. Am 11. Dezember 2001 ist Vater gestorben.

Punkt 17 Uhr betrete ich die Bar des Hotels Savoy in der Bahnhofstrasse. Gedämpftes Licht. Teppich. Mitten im Raum ein Flügel, entlang der Wände eine mit Leder bezogene Bank. Ich schaue in die Runde. Ein alter Mann sitzt an einem Tisch vor einem Cocktail, neben ihm zwei Krücken. An allen anderen Tischen sitzen Pärchen. An der Bar steht eine Familie, eine Frau um die fünfzig mit langen grauen Haaren, zwei Söhnen und zwei Töchtern. Die Söhne tragen schwarze Pullover und schwarze Jeans. Sie sind blass, wirken zerbrechlich. Jede noch so feine Empfindung schimmert durch ihre Haut. Mir fasst von hinten jemand auf die Schulter. Ein langer, hagerer Mann mit kurz geschorenen Haaren und einer randlosen Brille. Grafik-Designer sehen so aus. Rüdiger Ahorn, sagt er. Er sass an dem Tisch neben der Eingangstür vor einem Glas Tonic. Ich bestelle mir einen Tomatensaft und Oliven dazu.

Herr Ahorn sagt, dass er sich in einer halben Stunde in der Bar mit einem wichtigen Kunden treffe. Ich sage, dass ich so gehen werde, dass er Zeit habe, sich auf das Gespräch einzustellen. Herr Ahorn hat seine Brille auf dem Nasenrücken in Richtung Nasenspitze geschoben. Er schaut über den Brillenrand auf mich herab. Sein Mund ist leicht geöffnet und schief. Ich sage ihm, dass ich Journalistin bin und wissen will, wie leicht oder schwer es für Terroristen sei, Gifte zu beschaffen. Zum Beispiel Rizin. Ich sage, dass im Internet stehe, wie einfach es herzustellen ist, aber keiner sage wie. Herr Ahorn sagt, dass es verboten sei, solche Dinge ins Internet zu stellen. Er sagt: *Zu Recht.* Ich sage: *Richtig.* Jedenfalls sei die Herstellung in der Tat nicht schwer, bestätigt er. Er redet von den Rückständen von Rizin beim Pressen von Rizinussamen, um Rizinusöl herzustellen. Aus denen könne man reines Rizin gewinnen. Und wie? Herr Ahorn sagt, dass er zwar der Informationschef seines Unternehmens sei, aber nicht für solche Art von Informationen zuständig. Als Journalistin müsste ich in der Lage sein, mir die Frage selbst zu beantworten. Er hat seinen Mund beim letzten Wort mit einem schnalzenden Geräusch zuschnappen lassen und gleichzeitig über die Brillenränder auf mein Gesicht heruntergeschaut. Ich schaue zu seinem Gesicht hinauf. Um seine Mundwinkel zuckt ein Lächeln und in seinem Gesicht leuchtet Zufriedenheit. Die Bedienung bringt den Tomatensaft und die Oliven. Ich verlange die Rechnung, stehe auf, ziehe mir meine Jacke an, verabschiede mich von Herrn Ahorn. Ich bezahle an der Bar, weil ich nicht neben Herrn Ahorn sitzen und auf die Rechnung warten will. Als ich hinausgehe, schaue ich zum Tisch, an dem wir gesessen haben. Es steht das Glas Tonic, fast leer, und das Glas Tomatensaft, unangetastet, darauf. Herr Ahorn ist verschwunden.

10

In der Bahnhofstrasse in Zürich leuchten in den Auslagen der Geschäfte viele kleine Weihnachtslämpchen. Durch die Fussgängerzone selbst weht ein eisiger Wind. Schnee gibt es noch nicht. Die Präsentation der Entwürfe der neuen Firmenzeitschrift findet in einem klimatisierten Raum ohne Fenster statt. Am Tisch sitzen zwei der Firmeninhaber des Pharmaunternehmens, die Marketingchefin sowie die Inhaber der zur Präsentation geladenen Werbeagenturen mit ihren Art Directors. Die Goldmann und ich sitzen unter ihnen am Tisch. Die Leute aus den Werbeagenturen, zwei Frauen und fünf Männer, tragen Anzüge. Dunkelblau mit feinen Streifen, dunkelbraun, einer in Schwarz. Die Anzüge sind zerknittert, die Hemden, die sie darunter tragen, ungebügelt. Es wirkt, als sei dies die Arbeitskleidung von Art Directors und Inhabern von Werbeagenturen. Die Goldmann trägt Jeans, eine weisse Bluse und eine Perlenkette um den Hals. Die blonden Haare zu einem Zopf am Hinterkopf gebunden. Ihre Brille baumelt an einem Goldkettchen vor der Brust.

Die Leute aus den Werbeagenturen beamen ihre Entwürfe auf eine Leinwand. Die Goldmann lässt Ausdrucke herumgehen. Sie sagt, sie benutze keinen Beamer und all das neumodische Zeug, weil es in diesem Fall wichtig sei, wie sich das Papier anfühle, wie die Zeitung in der Hand liege, ob man bequem darin blättern könne. Sie erzählt, mit welchen Zeitungsformaten sie welche Schwierigkeiten habe, wenn sie in der U-Bahn sitzt und lesen möchte. Manchmal rutschen die Alttöne ihrer Stimme in höhere Tonlagen. Das klingt etwas schrill, wie eine Geige, die gestimmt wird. Die Goldmann fährt nie U-Bahn. Sie fährt mit ihrem Auto. Oder sie lässt sich in ihrem Auto fahren, von einem Zivildienstleistenden, der manchmal zu ihrer Tochter kommt. Oder sie nimmt ein Taxi. Die beiden Firmeninhaber und die Marketingchefin nicken, während die Goldmann erzählt, zustimmend. Einer der Männer fragt die Goldmann, ob der Name des Magazins von ihr stamme, den würde er nämlich gleich übernehmen, der habe ihm auf Anhieb gefallen. *Anhieb* – das Wort gibt es nur mit *auf*. Die Goldmann sagt Ja. Ich sage, dass es ganz einfach gewesen sei, den Namen für einen Titel zu finden. Ich habe von meinem Arbeitszimmer aus meinen azurblauen Twingo stehen sehen. Es habe geregnet, da hätte die Farbe besonders schön geleuchtet. Und so sei der Name für das Magazin entstanden. ›Azur‹. Ich sage nicht, dass mir Azurblau nicht gefällt, wie mir auch kein anderer Blauton gefällt. Nur deren Namen: Ultramarin. Lapislazuli. Kobaltblau. Und ich sage nicht, dass mir das Magazin nicht gefällt und ich deshalb den Namen für geeignet halte. Ich sage mit diesen Worten lediglich, dass der Name für das neue Magazin von mir ist. Die beiden Geschäftsführer des Unternehmens grienen. Ihre Schultern zucken, als müssten sie das Lachen festhalten. Die Marketingchefin lobt den Entwurf und sagt, dass wir jetzt eine Pause einlegen.

In der Pause sitze ich mit einem der Werbeleute an einem Tisch vor dem Präsentationsraum. Er liegt bequem im Stuhl, die Beine übereinandergeschlagen und die Hände in den Hosentaschen. Er fragt mich, was ich sei. Was bin ich? Das habe ich mich selbst oft gefragt. In diesem Fall muss ich Bezeichnungen benutzen, die er kennt. Unter denen er sich etwas vorstellen kann. Ich sage ihm, dass ich als Konzeptionerin und Werbetexterin hier sei. Für wen ich sonst arbeite, will er wissen. Ich sage, dass ich sonst Reden schreibe oder PR-Artikel oder Zeitungsartikel. Für wen, will er erneut wissen. Ich nenne die Verlage, ohne zu sagen, dass es Anzeigenverlage sind. Klingt spannend, sagt er.

Zurück fahre ich im Auto mit der Goldmann. Von Zürich nach München sind es vier Stunden. Wir sind in Winterthur, und die Goldmann steuert den Wagen durch Starkregen. Die Fahrt wird länger dauern, denke ich. Die Goldmann erklärt mir seit unserer Abfahrt in Zürich, dass Namen keine Rolle spielen. Sie meint Autorennamen. Sie sagt, dass Texte sowieso keiner mehr liest. Sie nennt mir Beispiele. Sie sagt: Schauen Sie die Broschüre für SW an. SW ist der weltgrösste Werkzeughersteller mit Firmensitz in einem österreichischen Alpental. Die Goldmann und ich waren vor einem Jahr bei einer Werkführung dabei. Wir durften auch in die Abteilungen, die besonderen Sicherheitsbestimmungen unterliegen. Die Goldmann hat die Werkzeuge als Schmuckstücke an halbnackten Models fotografieren lassen. Sie sagt, dass die Leute die Broschüre wegen der Fotos mitgenommen hätten. Nicht wegen der Texte. Die lesen die gar nicht. Schon gar nicht die Arbeiter. Sie waren ja dabei und haben es gesehen, sagt die Goldmann. Die Arbeiter hatten sich Fotos aus der Broschüre an ihren Arbeitsplatz gehängt. Ich denke das Wort *quetschen*, wenn die Goldmann ihre Stimme hebt. Ihre Stimmlage ist emotionslos. Ich sage in regelmässigen Abständen ja und jaja. Sie wiederholt das Gesagte. Texte lese heute keiner mehr, Autorennamen interessierten niemanden. Wir sind in Bregenz. Noch zwei Stunden bis München. Ich sage der Goldmann, dass das auf dem Buchmarkt anders sei, da zähle der Name. Je bekannter, umso besser. Der Text spiele da aber ebenso wenig eine Rolle, sagt die Goldmann. Eigentlich könne man Blindtext nehmen. Wahrscheinlich würde es nicht einmal jemand bemerken. Die Goldmann fragt mich, das Lenkrad wegen des Starkregens fest umklammernd, so dass ihre Fingerknöchel weiss schimmern, was ich denn in Zürich gemacht habe. Ich sage, dass ich wissen wolle, wie man Rizin herstellt. Ich solle einfach Rizinusöl nehmen, da sei doch Rizin drin, sagt die Goldmann. Nein, dann würden alle, die es verwenden, sterben, sage ich. Das glaube sie nicht. Wenn wir immer wüssten, was so alles in den Lebensmitteln drin ist, wir würden uns wundern, dass wir noch am Leben sind, sagt sie. Ich erkläre ihr, dass Rizin das giftigste in der Natur vorkommende Eiweiss ist. Dann kann es ja nicht im Rizinusöl drin sein, sagt die Goldmann. Wahrscheinlich sei das wie bei den Arzneimitteln, erklärt sie mir. Da verwendet man ja auch nur Gifte, aber eben in einer Menge, in der sie nicht giftig, sondern heilsam seien. Wir sind am Ammersee. Noch eine halbe Stunde Fahrt.

In der Einfahrt zum Bauernhaus watet die Tochter der Goldmann durch Pfützen. Barfuss. Sie hat sich den Daunenmantel ihrer Mutter übergezogen. Er ist beige, wie der des Chinesen in der U-Bahn mit dem erloschenen Gesicht. Was hat ihn ausgelöscht? Hat er zugesehen wie seine Frau von einem anderen Mann geliebt wurde? Ist er einfach deshalb leer, weil er allein ist, ohne Frau,

Kinder, Familie, Bruder, Mutter, Vater oder jemanden anderes, für den er etwas bedeutet? Manche Menschen sind da empfindlich. Vielleicht war der Chinese dort, wo er herkam Lehrer. Ein Lehrer, dem die Kinder in der Früh etwas von zu Hause mitgebracht haben, ein selbstgemaltes Bild, einen Stein, den sie am Nachmittag beim Spielen gefunden haben und zu dem es eine Geschichte gibt, die sie dem Lehrer schnell, noch bevor die Schulglocke läutet, erzählen. Wenn der Chinese durchs Dorf geht, dann ist er für die anderen der Lehrer, und alle verneigen sich vor ihm. Vielleicht war das so.

Die Tochter der Goldmann tritt auf den Daunenmantel. Die Tochter der Goldmann heisst Suzanne. Der Daunenmantel ist zu lang für Suzanne. Sie tritt darauf. Suzanne ist 17 Jahre alt. Sie hat ihren Mund leicht geöffnet, lächelt mich kurz an. Ihr Gesicht überzieht sich mit einem entrückten Ausdruck. Die Goldmann umarmt die Tochter, redet auf sie ein, führt sie zum Haus. Ihre Stimme ist leise und weich. Weichgezeichnet wie man die Konturen auf einer Fotografie weichzeichnen kann. Der Daunenmantel, den Suzanne immer noch anhat, ist da, wo er über den Boden schleift, voll Schlamm gesogen. Wenn der Chinese heute durch die Wohnanlage geht, in der er vielleicht als Hausmeister arbeitet, dann ist er für die anderen niemand. Unsichtbar. Vielleicht. Im Haus ruft die Goldmann nach Antje. Die telefoniert. Sie bezahle sie nicht fürs Telefonieren, sondern, dass sie auf Suzu aufpasse, ruft die Goldmann mit trockener harter Stimme, die in schrille Töne abrutscht. Sie solle sofort auflegen. Während die Goldmann das Mädchen namens Antje in ihrem Büro zurechtweist, tanzt die Tochter der Goldmann in der Diele. Zu welcher Musik, weiss ich nicht, weil die Musik über Ohrstöpsel von einem iPod in ihr Ohr dringt. Vom Daunenmantel tropft braunes Wasser. Ich gebe der Tochter der Goldmann eine Tafel Schweizer Schokolade. Sie verschwindet damit in den ersten Stock. Auf dem Parkett in der Diele bleiben braune Wasserlachen. Die Goldmann sagt Antje, dass sie die gleich aufwischen soll. Ich fahre mit der S-Bahn nach Hause. Die Tochter der Goldmann darf keinen Zucker essen. Sie werde dann unruhig, hatte die Goldmann erzählt.

11

Emilia kommt. Zu mir nach Hause. Sie bringt eine Crème Caramel mit. Sie hat es angeboten, am Telefon, als ich sie einlud. Emilia kocht gern. Alte Küche, wie sie sagt. Mit Sahne und Butter. Emilia ist Professorin für Mediävistik. 76 Jahre alt. Die Haut in ihrem Gesicht ist glatt wie die einer gewaschenen Kartoffel, ebenso blass. Um ihren Kopf hüpfen rote Locken. Ihre Iris leuchtet grün. Sie hat Luchsaugen. Um die huscht Neugierde, um ihre Lippen Humor und Trotz. Und auch sonst gibt es viel Leben in ihrem Gesicht. Emilia steht in der Tür, überreicht mir die Glasform mit der Crème Caramel, sagt, dass sie diesmal nicht so gut gelungen sei. Ich habe auch Lisa eingeladen. Zu einem Essen. Die Goldmann nicht. Die Goldmann würde nicht zu einer Honorarmitarbeiterin ohne Namen zum Essen gehen. Ich habe ein Herz geschmort. Ein Kalbsherz, nach einem alten Rezept. Ich habe es zuerst ausbluten lassen. Dazu habe ich es in Salzwasser gelegt. Und dann in einem Topf in Butterschmalz geschmort. Als Vorspeise gibt es Kürbissuppe, zum Kalbsherz Kartoffelpüree und Bohnengemüse, als Nachspeise Birnenkuchen mit Schokoladensosse und Crème Caramel. Ein Mal im Jahr lade ich Emilia und Lisa zum Essen ein, weil Menschen, die man Freunde nennt, so etwas erwarten. Es tut gut, sich mal an den gedeckten Tisch zu setzen, sagt Lisa, als ich die Teller mit Kürbissuppe fülle. Ja, ist das so?, entgegnet Emilia. Sie sagt, dass sie gern allein esse und gern für sich allein ein schönes Mahl, manchmal sogar eines mit mehreren Gängen, zubereite. Sie erzählt, dass sie die gute alte Küche liebe, die aus der Zeit der österreichisch-ungarischen Monarchie. Die Grossmutter ihrer Freundin habe für die kaiserliche Familie gekocht. Heute könne man gar nicht mehr so kochen, das scheitere schon an den Küchengerätschaften, die es gar nicht mehr gebe. Sie koche auch gern, sagt Lisa. Aber doch lieber einfache Sachen, die gesünder seien. Soso, gesunde Sachen, sagt Emilia. Sie erzählt vom Fisch, den es in der Rehaklinik, in der sie war, immer gab, weil der für frisch am Herzen Operierte gesünder sei. Ich schneide das Kalbsherz in dünne Scheiben und verteile sie auf die Teller. Lisa fragt, was denn an Emilias Herz operiert worden sei. Emilia fällt ein, dass Lisa Pathologin ist. Sie sagt, dass sie bei ihr noch nicht im Wartezimmer sitze. Lisa sagt, dass sie kein Wartezimmer habe. Dass ihre Klienten in Kühlfächern auf sie warteten. Lisa zieht die Augenbrauen hoch, spitzt den Mund. Diese Gestik hält sie und beobachtet die anderen. Sie verkneift sich ein Lachen. Das gelingt nicht lange, dann lacht sie und zwinkert Emilia zu. Ich bringe die Teller. Emilia lobt den Duft, und überhaupt sehe sehr gut aus, was da auf dem Teller liege. Was das denn für ein Fleisch sei. Als ich Kalbsherz sage, schreit Emilia auf. Ein Herz, ob das mein Ernst sei. Ich müsste doch wissen, dass man Herzkranken kein Herz zum Essen servieren könne, ich als Frau eines Kardiologen. Wo er überhaupt heute sei? Ob er Dienst habe? Ich sage ja, Notoperation. Komplizierte Sache. Ich weiss nicht, warum ich von der Notoperation spreche, die eine Woche zurückliegt. Der Ehemann ist seit zwei Tagen auf einem Kongress in Paris. Emilia liebt Paris und hätte dann über Paris gesprochen, mutmasse ich. Lisa sagt, Herzen seien sehr gesund, vorausgesetzt, die Viecher seien nicht mit Medikamenten vollgestopft und hätten gesunde Nahrung bekommen. Innereien würden Eiweisse, Vitamine und Mineralstoffe enthalten. Ich sage, dass ich das Kalbsherz nach einem alten Rezept zubereitet habe. Emilia sagt, dass eine Operation am offenen Herzen ein besonders traumatisches Erlebnis sei, da das Herz ein besonderes Organ sei. Im Mittelalter habe man gedacht, dass Menschen mit dem Herzen denken, sagt Lisa noch und meint, wir sollten doch endlich essen, sonst würde das Kalbsherz noch kalt. Emilia schneidet sich ein Stück von einer der Kalbsherzscheiben ab, als hätte sie vergessen, dass es sich um ein Herz handle. Sie sagt, mit dem Herzen zu denken, sei gar nicht so verkehrt. Lisa trinkt ihr Glas Rotwein in einem Zug leer, holt Luft und erklärt: Das Bauchgehirn, die Stelle, wo sich Verstand und Gefühl treffen, der Plexus solaris, das Sonnengeflecht, liege oberhalb des Bauchnabels. Es sei das zweite Gehirn, weil die Zelltypen genau so aufgebaut seien wie im Kopfgehirn. Emilia hat bereits eine Scheibe vom Kalbsherz verspeist. Sie unterbricht Lisa und sagt, genau das sei ja das Besondere am Herzen, dass eben unser Herz mehr sei als ein Muskel, der Blut pumpe. Wir würden ja auch von Herzensangelegenheiten und Herzensentscheidungen sprechen. Lisa trinkt erneut mit einem Zug ihr Weinglas leer, bevor sie spricht. Sie sagt, dass diese Redensarten alle aus dem Mittelalter und aus früheren Zeiten stammten, weil man damals noch nichts vom Plexus solaris gewusst, sondern angenommen habe, der Sitz der Seele befinde sich im Herz. Emilia streicht über den Kalbsherzhappen auf ihrer Gabel Kartoffelpüree und träufelt Sosse darauf. Die Menschen hätten früher überhaupt viel mehr erfühlt und eine viel bessere Beziehung zu sich selbst und zum Leben gehabt, sagt Emilia. Auch darüber könne man streiten, sagt Lisa. Ich stelle die Birnentorte auf den Tisch und einen Krug Schokoladensosse. Hm, das duftet, sagt Lisa. Emilia springt auf. Sie erinnert sich an die Crème Caramel. Sie holt die Glasschale aus dem Kühlschrank, während ich die Birnentorte aufschneide und auf die Teller verteile. Emilia stellt die Glasschale neben die Birnentorte. Die Crème Caramel hat die Konsistenz eines Puddings, der in dunkelbraunem Saft glänzt. Ein spezieller Rübensaft, den man über die Créme geben müsse, damit nach vier Stunden Karamelsaft entstehen kann, erklärt Emilia. Sie wunderte sich, dass sich doch noch ein Saft gebildet hat. Emilia und Lisa verspeisen die Crème Caramel. Emilia zeigt auf die Birnentorte und sagt, dass die auch sehr gut sei. Ich sage, dass es ganz einfach wäre, jemanden zu töten. Auf der Strasse zum Beispiel. Einfach im Vorübergehen. So wie der bulgarische Schriftsteller und Dissident Georgi Markow im Jahre 1978 auf der Waterloo Bridge in London vom bulgarischen Geheimdienst mit einer Injektion durch eine Regenschirmspritze getötet worden ist. Lisa und Emilia schauen von ihrer Crème Caramel auf. Welches Gift, will Lisa wissen. Rizin. Ohja, sagt sie. Das ist todsicher. Woher man es bekomme, fragt Emilia. Das sei schwierig. Ich erzähle ihr von meiner Suche nach einer Herstellungsanleitung im Internet und von meinem Treffen mit dem Informationschef des Hochtox-Labors Spiez in Zürich. Hast du das vor?, fragt Lisa. Was?, frage ich. Menschen im Vorübergehen zu töten, sagt Lisa. Ich verfolge diesen Gedanken theoretisch. Was heisst das, will Lisa wissen. Emilia sagt, dass ihr da etwas einfalle. Sie habe kürzlich in den Südbayerischen Nachrichten von einer Selbstmordhilfeorganisation gelesen, mit Sitz in Zürich, vielleicht könnten die weiterhelfen. Weiterhelfen?, fragt Lisa. Sie erkundigt sich, was ich vorhabe. Ich tue so, als ob ich vorhätte zu töten. Ich gehe das einfach mal theoretisch durch. Ein lang gehegter Kindheitstraum, sage ich. Sie finde, dass dies ein interessantes Thema sei, sagt Emilia. Endlich mal was anderes als diese komischen Werbesachen und diese Texte in den Anzeigenblättern. Dafür hätte ich nicht Germanistik studieren müssen. Aber was sei denn interessant daran, darüber nachzudenken, wie man einfach so im Vorübergehen jemanden um die Ecke bringen könne, sagt Lisa. Jeder Mensch kann töten, wie er laufen, essen, sprechen oder den Garten umgraben kann. Dass die meisten Menschen nicht töten, liegt an ihren Lebensumständen. Die meisten haben einfach Glück und geraten nie in Konstellationen, in denen sie die Grenze überschreiten und töten, sage ich, und Emilia sagt, dass sie das Thema sehr spannend finde. Ich stimme zu und erzähle von den Gesichtern, die ich beobachte, und dass darunter welche sind, auf denen es keine Spuren von Empfindungen gibt. Die sind gelöscht wie Daten von einer Festplatte. Lisa sagt, dass sie jetzt lieber wieder über Crème Caramel und diesen Rübensaft, oder sei es Ahornsirup, reden würde. Auf ihrer Stirn liegen Falten. Sie wendet sich dem Dessertteller zu. Ihr Gesichtsausdruck ist ernst.

12

Die Sterbehilfeorganisation, von der Emilia sprach, arbeitet mit der verschreibungspflichtigen Substanz Natrium-Pentobarbital. Fünfzehn Gramm oral verabreicht würden genügen, steht in dem Artikel, den ich mir aus der E-Paper-Ausgabe der Tageszeitung ausgedruckt habe. Natrium-Pentobarbital verwenden Tierärzte, um Tiere einzuschläfern.

Ich habe mir ein Auto gemietet. Ein Auto wie es Geschäftsleute für ihre Reise mieten. Ich fahre nach Zürich. Es ist Freitagvormittag. Die beiden Söhne wollten am Wochenende nach Hause kommen. Geo ist da, habe ich ihnen gesagt und ihren Vater gemeint. Ich sei verreist. Das sei kein Problem, meinte der Ältere, der mich anrief. Dann zeigen wir ihm mal das Nachtleben. Der Ältere ergänzte: Nicht wie du denkst. Du musst dir keine Sorgen machen. Er habe sowieso meist Nachtdienst, sage ich.

Die Sterbehilfeorganisation befindet sich in Zürich. Im Süden der Stadt, in der Nähe des Krematoriums Sihlfeld. Mein Hotel befindet sich ebenfalls im Süden der Stadt. Den Leihwagen habe ich in der Tiefgarage des Hotels geparkt. Die sei nicht einfach zu finden, erklärt die Frau an der Rezeption. Die Tiefgarage sei ein paar Strassen weiter und ich müsse an der linken Einfahrt die rechte Spur nehmen. Sie reicht mir eine Skizze über die Empfangstheke und notiert sich meine Handynummer. Falls ich in einer halben Stunde nicht zurück sei, rufe sie mich an. Ich nehme auf der linken Einfahrt die rechte Spur und drücke, nachdem ich die Einfahrt passiert habe, den Knopf, um das Tor wieder zu schliessen. Gleich neben dem Tor finde ich die reservierten Stellplätze für das Hotel. Nur den Ausgang finde ich nicht. Ich nehme den Notausgang und gelange in ein enges Treppenhaus. Urinpfützen sind auf den Treppenabsätzen, in denen liegen leere Bierflaschen. Die Treppe führt auf ein Dach. Ich gelange über eine Feuerleiter in einen Hinterhof und von dort durch eine Hofeinfahrt auf die Strasse. Ich schalte das Handy aus und kehre nicht ins Hotel zurück, steige in die Strassenbahnlinie drei stadtauswärts. Es ist kurz nach zwanzig Uhr. Menschen mit Einkaufstüten kommen aus der Stadt, stehen in der Strassenbahn oder sitzen. Mir fällt ein Pärchen auf. Der Mann hat den Bart unter dem Kinn zu einem Zopf geflochten. Aus seinem mit grauen Haaren bewachsenen Gesicht lachen zwei Augen, ohne dass er lachen würde. Sie leuchten wie Sterne. Anzeichen von Wahnsinn kann ich nicht ausmachen. Die Frau neben ihm sieht zehn Jahre älter aus. Sie hat kurze fettige Haare und samtig schimmernde Haut. Güte spielt um ihre Lippen und Spott. Gütiger Spott. Kann man so empfinden? Güte und Spott zugleich? Ich steige an der Haltestelle Siemens aus. Bis zur Strasse, in der sich die Sterbehilfeorganisation befindet, ist es noch ein Stück zu gehen. Ich laufe durch ein Wohngebiet mit Vorgärten, hohen alten Laubbäumen, wenig befahrenen Strassen; Mehrfamilienhäuser mit gehobenem Standard säumen die Strassen. Die Sterbehilfeorganisation befindet sich in einem weissen Haus. Ich gehe zur Eingangstür, um das Klingelschild zu lesen. Es gibt einen Bewegungsmelder. Licht geht an. Auf einem Messingschild steht in schwarzen Lettern *Exit.* Im ersten Moment denke ich, dass es sich um den Ausgang handelt. In einem Zimmer im obersten Stock brennt Licht. Vor dem Haus befinden sich fünf Parkplätze. Die Pflastersteine der Parkflächen sind schwarz. Die Flächen sind mit weisser Farbe umrahmt. Vor den Fenstern hängen Lamellenvorhänge, wie in Büroräumen. In die Kellerräume muss Tageslicht fallen, vielleicht erreichen sogar Sonnenstrahlen die Räume, denn es gibt Lichtschächte, und die Kellerfenster sind beinahe so gross wie die übrigen im Haus. In welchem der Zimmer sterben die Menschen? 150 sind es jährlich. Das sind pro Woche drei. Ich laufe ums Haus. Neben dem Haus steht eine weisse Calla: eine Eisenstange und darauf eine Blüte aus weissem Glas. Das Symbol für Unsterblichkeit.

Ich klingele. In der Sprechanlage knistert es. Jemand fragt: Ja? Bitte? Mein Name ist Josefine Haupt. Ich möchte gern ein Beratungsgespräch. Kann ich jemanden sprechen? Grüezi, Frau Haupt. Bitte warten Sie einen Moment, ich bin gleich bei Ihnen. Ein Mann in einer schwarzen Hose mit einem hellblauen Hemd öffnet die Tür. Wir haben zwar heute keine Sprechstunde mehr, aber kommen Sie herein. Wir werden sehen, was sich tun lässt. Der Mann hat graue Haare und blaue Augen. Azurblau. Wenn er lächelt, dann bilden sich Grübchen auf seinen Wangen. Er lächelt, als er mich in sein Büro bittet. Ich solle in einem der Ledersessel Platz nehmen. Auf dem Tisch stehen frische Lilien, weisse und blaue. Das Zimmer ist in Schwarz, Weiss und dunklem Holz gehalten. Herr Sartori schenkt Wasser aus einer Karaffe ein. Kaffee könne er mir leider nicht anbieten, da er nicht wisse, wie die Kaffeemaschine zu bedienen sei und so spät am Abend die Assistentin nicht mehr da sei. Er entschuldigt sich, weil er noch schnell telefonieren müsse. Es ist seine Frau, die er anruft und der er mitteilt, dass es etwas später wird. Er sagt Schatz zu seiner Frau und dass er zum Fisch auch gern einen Rotwein nehme. Er drückt auf seinem iPhone die Auflegtaste, lehnt sich in seinem Sessel zurück und fragt, was mich hierher führe. Es passt nicht zu ihm, dass sich sofort Grübchen auf seinen Wangen zeigen, wenn er nur leicht lächelt, und ebenso nicht, dass seine Augen strahlen. Ich sage ihm, dass ich für einen Roman recherchiere. Ich wolle wissen, woher jemand, der Rizin haben will, es beziehen kann. Rizin? Das haben wir nicht, sagt er. Wie ich denn darauf komme. Das sei gefährlich, weil wer es herstellt oder verwendet, sofort verdächtigt wird, ein Terrorist zu sein. Ich sage ihm, dass dies in meinem Roman keine Rolle spiele, da meine Mörderin keinen terroristischen Hintergrund habe. Ich wolle nur die Giftbeschaffung so authentisch wie möglich schildern, und dazu sei es notwendig zu wissen, woher man es beziehen könne. Wenn Sie mich dann im Roman nicht erwähnen kann ich Ihnen helfen, sagt Herr Sartori. Ich kann Ihnen zumindest die Adresse von so einem verrückten Konzept-Art-Künstler geben, der arbeitet meines Wissens an einem Projekt mit Gift, das sicher eine hohe Medienaufmerksamkeit bekommt und viel Kritik. Aber je höher die Medienpräsenz desto höher der Preis fürs Kunstwerk und der Ruhm, sagt Herr Sartori, und seine Grübchen sind wieder zu sehen. Sein Lächeln streift mein Herz. Ich denke daran, dass sein Lächeln auch das Herz der Menschen, die zum Sterben herkommen, erreichen wird. Ich frage mich, warum er hier ist, wenn er ein Lächeln lächelt, das zum Leben einlädt und nicht zum Tod. Herr Sartori diktiert mir eine Adresse. Dort soll ich hingehen. Er begleitet mich zur Tür hinaus auf den Platz mit der Calla und wünscht mir viel Vergnügen bei der weiteren Arbeit.

Dreiwiesenstrasse, eine Strasse am Zürichberg, in der Nähe des Zoos. Man muss an der Strassenbahnendstation der Linie sechs aussteigen. Ein Schild auf dem Gehsteig weist den Weg zum Geschäftssitz der FIFA. Dem folge ich. Nummer siebzehn. Das ist eine Jugendstilvilla hinter einem schmiedeeisernen Zaun und Bäumen. Neben der Pforte gibt es einen Klingelknopf, keinen Namen. Als ich den drücke, höre ich ein summendes Geräusch, es ist nicht der Türöffner. Eine Kamera schwenkt herum. Dann summt der Türöffner des Gartentors, während gleichzeitig die Haustür geöffnet wird. Eine Frau steht in der offenen Tür. Die Frau, die ich gestern Abend in der Strassenbahn gesehen habe. Sie ist anders gekleidet. Sie trägt ein graues Kostüm und eine cremefarbene Bluse. Auf ihrem Gesicht liegen Güte und Milde. Der Spott ist unter dem samtenen Schimmer ihrer Haut verborgen. Vielleicht ist es die Zwillingsschwester der Frau von gestern Abend. Vielleicht eine andere. Ich suche die Antwort in ihren Augen. Die sind mausgrau. Es blitzt kurz in ihnen auf, als habe sie mich erkannt. Sie legt beide Hände um meine rechte Hand, die ich ihr zur Begrüssung reiche. Ihre Hände sind sanft und warm. Sie führt mich in einen Raum im Erdgeschoss, eine Bibliothek mit Kamin. Es steht eine Teekanne auf einem Tisch mit Schachbrettmuster bereit. Was kann ich für Sie tun?, fragt die Frau, die ich mit Frau Poulaki anspreche. Ich brauche Rizin. Sie wissen, dass das giftig ist und man erst Tage nach der Einnahme qualvoll stirbt. Ich sage, ja. Und dass es mir nicht darum gehe. Sie fragt nicht, was ich mit darum meine. Ich sage, dass ich Schriftstellerin sei und versuche herauszufinden, wie man Rizin beschaffen kann. Sie sagt, sie verstehe. Das sei eine Recherche. Ich stimme ihr zu. Sie schenkt Tee ein. Die Starre, die ihren Körper aufrecht hielt, entweicht. Altrosa liegt auf ihren Wangen. In diesem Haus befinden sich aktuell mehr als 200 Gifte sicher verwahrt in einem Tresor. Zu jedem Gift gibt es Geschichten. Einige Gifte wurden von Regierungen für Hinrichtungen verwendet, wie Thiopental-Natrium in den USA, in den Bundesstaaten Ohio und Washington. Bei uns wird es als Narkosemittel eingesetzt. Frau Poulaki entschuldigt sich, steht auf und verlässt das Zimmer. Das ist eigentlich ein Saal mit hohen Wänden, Fenstern, die bis zum Boden reichen und ebenso langen grünen Vorhängen. Sie kommt mit einer Kristallschale voller gelber Kekse zurück, die nach Vanille duften. Sie reicht mir die Schale mit den Keksen. Die seien frisch aus dem Backofen, sagt sie und ohne zu unterbrechen: Ich habe Rizin im Haus. Im Safe bei den anderen Giften. Der Hausherr, ein bekannter Künstler, sammle seit Jahren Gifte für ein Projekt. Den Namen des Künstlers nennt sie nicht. Sie sagt, dass Rizin sein Lieblingsgift sei, warum wisse sie nicht. Eine Geschichte dazu müssten Sie erfinden. Jedenfalls können Sie Rizin in Form eines Kunstwerkes erwerben. Es ist Teil seines Projektes, dass die in sein Kunstwerk integrierten Gifte käuflich zu erwerben sind. Jenny Holzer hatte 1993 auf das Titelblatt eines Magazins mit Blut von Frauen bedruckte Karten kleben lassen. Der Hausherr startet nun eine Kunstaktion mit Giften. Natürlich anders, wie sei noch geheim. Frau Poulaki sagt, ich solle den Tee austrinken und mir noch Kekse nehmen. Sie reicht mir eine Serviette, auf die ich sie legen kann. Wir gehen in die Diele, von dort über eine Treppe in den ersten Stock. An den Wänden im Treppenhaus hängen zeitgenössische Kunstwerke, monochrome Bilder. Weisse, ein graues. Ich lese den Namen Girke. Frau Poulaki hat meine Blicke verfolgt. Es sei ein echter Girke, und die Lampen seien von Wagenfeld, einem Bauhaus-Designer. Ebenso original Bauhaus sei das Mobiliar. Ich weiss nicht, wer Girke ist oder war, und wer Wagenfeld. Weisse Bilder hängen an den Wänden im Raum im ersten Stock, in den sie mich führt. Ich lese nicht den Namen des Künstlers. Ich schaue auf den Garten hinter dem Haus. Durch die Äste der Linden, die den Garten begrenzen, schimmert ein Feld. Frau Poulaki öffnet eines der weissen Bilder, so sieht es für mich aus. Es ist kein weisses Bild, sondern satiniertes Glas in der Grösse der Bilder. Auf dem Glas ist eine Calla eingraviert. Frau Poulaki öffnet die Glasscheibe wie eine Schranktür. Dahinter befindet sich eine weisse Stahltür, und hinter der stehen Fläschchen in verschiedenen Farben und Grössen. Kunst transportiere starke Empfindungen, sagt Frau Poulaki, vor allem solche, die wir verdrängen. Diese Empfindungen seien aber immer anwesend. Materialisiert in Handlungen, in der Architektur, in dem, wie wir uns kleiden, sprechen. Hinter jedem Ausdruck verstecke sich eine Empfindung. Künstler machten die sichtbar, in der Malerei, mit Installationen, im Schauspiel, Film. Deshalb verstehe der Hausherr seine Sammlung von Giften als Kunstwerk, eine Art Installation, und so präsentiere er sie. Er plane eine Ausstellung von Gegenständen, auf die wir starke Empfindungen projizieren, die uns Angst machen oder uns anziehen, Sehnsüchte wecken.

Der Giftschrank gehöre dazu. Frau Poulaki nimmt ein Fläschchen in die Hand. Reines Rizin, sagt sie. Ich frage sie, ob sie nicht ein Kunstwerk zerstöre, wenn sie eine Flasche entnehme. Sie legt das Fläschchen in eine Schachtel aus weiss lasiertem Holz, der Deckel ist satiniertes Glas auf dem ein graues Steinchen eingelassen ist. Sie nennt mir eine Summe im fünfstelligen Bereich. Ich reiche ihr einen Beutel aus Filz. In dem befinden sich die Scheine. Alles Zweihunderter. Ich frage sie, wann und wo die Installation des Künstlers zu sehen sein werde. Vermutlich in der freien Natur. Es laufen gerade Verhandlungen mit verschiedenen Kantonen. Sie zeigt auf die quadratischen Lederhocker unter den Fenstern. Ich könne Platz nehmen und den Raum noch etwas auf mich wirken lassen. Sie sei gleich zurück. Ich frage, woher ich denn wissen könne, dass es sich tatsächlich um Rizin in dem Fläschchen handle. Probieren Sie es einfach aus, meint Frau Poulaki.

Von der Villa ist es nicht weit zum Friedhof Fluntern. Ich habe das Kästchen mit Rizin in meine Manteltasche gesteckt und spaziere entlang der Gräber. Ich stehe vor dem Grab von Joyce und Canetti. Ich wusste nicht, dass die beiden in Zürich gestorben sind.

13

Till ruft an. Wir haben manchmal Sex zusammen. Im Wald, in einem verlassenen Schuppen, auf einem Bootssteg. Wie es dazu kam, weiss ich nicht mehr genau. Ich habe mal über ihn geschrieben, einen Beitrag für eine Kulturbeilage. Nach dem Interview lud Till mich auf ein Bier ein. In seine Lieblingswirtschaft ein paar Kilometer weiter. Unterwegs hielt er an. Auf einem Waldweg. Er fragte mich, ob ich es schon mal im Wald gemacht hätte. Ich sagte nein. Gut, magst du?, fragte er. Wir stiegen aus und gingen ein Stück in den Wald, vielleicht war es auch ein Park. Dann breitete Till seinen Mantel auf dem Schnee aus und legte sich darauf. Er sagte, dass es für mich wärmer wäre, wenn ich mich auf ihn setze. Till ist Regisseur. Er dreht Kurzfilme, Spielfilme, Dokumentationen. Für einen dokumentarischen Spielfilm erhielt er Geld aus der Filmförderung und dann vor ein paar Tagen einen Preis. Ich habe es in der Zeitung gelesen. Vielleicht ruft er deshalb an. Till ruft mich an, weil wir in seinem Haus am Abend Sex haben können. Ich sei auf dem Rückweg von Zürich und fahre gerade durch Bregenz, vorbei am Kunsthaus, erkläre ich Till. Der sagt, dass im Kunsthaus Tony Oursler ausstelle, ein amerikanischer Videokünstler, der sich mit dem Einfluss der Massenmedien auf die menschliche Psyche beschäftige. Ich solle mir das ansehen, seine Figuren, die er auf Kopfkissen projiziere, und mir ihre apokalyptischen Klagen anhören. Ich sage Till, dass ich auf meinem Rücksitz in einer Schachtel ein Fläschchen mit fünfundzwanzig Milliliter Rizin hätte. Auch ein

Kunstwerk, soeben in Zürich erworben. Till sagt, dass ich es bis zum Abend schaffen könne, bei ihm zu sein. Das Haus sei noch nicht fertig, aber auch kein Rohbau mehr. Es habe Türen und Fenster und eine Heizung. Die Farben an den Wänden seien noch feucht. Das Haus befinde sich in Sufferloh, einem Weiler mit einem Keltenhügel südlich von München. Ich schaue mir die Ausstellung von Tony Oursler an. Lärm auf drei Stockwerken. Videoinstallationen. Ein türkis lackierter Fingernagel, der im Sekundenrhythmus auf einer Tastatur die Delete-Taste drückt. Hausfrauen, die ein Lied nachsingen und dastehen wie kleine Mädchen – verschämt, auf einem Bein, den Kopf erhoben. Der nächste Film: Vier Männer als Frauen verkleidet, die sich selbst auf einer Bühne in Szene setzen. Andere Wand. Anderer Film. Eine Palmolivflasche, die die Wand entlang fährt und die jemand mit der Hand umschliesst, fest drückt, sodass aus dem Verschluss das orange Spülmittel herausquillt. In jeder Etage ein Filmausschnitt, auf dem jemand einen Schalter drückt – einen Lichtschalter, einen Geräteschalter – und das Szenario in Gang setzt oder stoppt.

Ich fahre direkt zu Tills Haus. Till hat eine Isomatte im künftigen Wohnzimmer ausgebreitet. Von dort können wir durch die Terrassentür auf den im Mondlicht glitzernden Schnee sehen. Licht gibt es im Haus keines. Ich habe unterwegs für ein Picknick eingekauft. Ich stelle den Korb mit Salami, Lachs, Baguette, Käse, Weintrauben und Wein neben die Isomatte. Till legt seinen Finger auf den Mund. Er ruft seine Frau an. Till hat sechs Kinder und zwei Hunde. Er sagt seiner Frau, dass er angekommen sei und heute Abend am Haus nichts mehr mache, zu dunkel. Kein Licht. Ein Defekt in der Leitung, die Sicherung sei raus. Er sei müde, trinke noch ein Bier und lege sich gleich schlafen. Er fragt nach den Kindern, hört ihr zu und sagt dann, dass er jetzt das Handy ausschalte und sich morgen früh wieder melden werde. Ich konzentriere mich beim Sex auf Tills Bewegungen und seine Handgriffe. Seine Hand huscht über meine Haut, meinen Bauch, zwischen meine Beine. Ich bin nicht rasiert. Das störe ihn nicht. Seine Frau rasiere sich auch nicht. Er will schnell bei mir Lust erzeugen. Er ist unsicher. Er weiss nicht, ob es mir Spass macht. Mir macht es keinen Spass. Jemand hat Spass an meinem Körper. Er macht es zwei Mal. Ich weiss nicht warum. Ich denke, dass er genug Sex mit seiner Ehefrau haben müsste, wenn er sechs Kinder hat.

Ich schneide etwas von der Salami ab, breche das Baguette. Till isst nichts. Till ist dick. Tills Gesicht ist angefüllt mit Fett wie die Lippen einer Frau mit Botox. Die Spuren von Empfindungen in seinem Gesicht sind vom Fett verwischt. Sein Mund ist immer leicht geöffnet. Und aus seinen Augen sprüht helles Licht. Seine Augen sind klein und schwarz und wachsam. Es ist als saugten seine Augen alles auf, wie ich mich bewege, jede Veränderung in meinem Gesicht, jeden Gedanken, der sich irgendwie in meinem Gesicht, in meinen Augen zeigt. Till trinkt mehrere Gläser Rotwein. Dabei visiert er mich, wie eine Kamera, die jeder Bewegung im Raum folgt. Er will spazieren gehen. Es ist halb zwei Uhr nachts. Die Strassen sind mit einer Eisschicht überzogen. Ich muss mich an ihm festhalten, um nicht hinzufallen. Till sagt, dass alles, was in der Welt existiert, irgendwann einmal von Künstlern, Philosophen oder Schriftstellern als Idee in die Welt kam. Und dass das, was heute

Künstler, Philosophen, vielleicht auch Wissenschaftler und Visionäre an Ideen haben, in den nächsten Jahren, Jahrzehnten, Jahrhunderten, vielleicht auch Jahrtausenden tatsächlich umgesetzt wird. Er bleibt stehen und schnäuzt sich. Wir stehen wackelig auf dem dünnen Eis. Ich frage Till, ob er jemanden kenne, der mir in einen Stock, wie ihn Nordic Walker benutzen, eine Spritze einbauen und kleine Kügelchen aus Platin herstellen könnte, die innen hohl sind. So etwas machen beim Film Requisiteure. Das heisst, die kennen solche Leute, die so etwas basteln können, sagt Till. Ich frage ihn, ob er jemanden wisse, der mir weiterhelfen könne. Er werde mir eine Mail schicken mit der Adresse, sagt Till. Ich betrete nicht noch einmal sein Haus, sondern fahre zu mir nach Hause. Die Strassen sind mit Salz bestreut. Ich frage mich, welchen Ausdruck sein Gesicht hätte, wenn man das Fett ablassen würde. In seinem Gesicht zucken um den Mund Linien. Ich denke an Risse im Eis eines zugefrorenen Sees. Spannungsrisse. Ich versuche mich an Fotos von ihm zu erinnern, die in den Zeitungen zu sehen waren, als er seine ersten Filme vorführte. Er war damals deutlich schlanker. Seine Augen sprühten ebenfalls Licht wie von einem Feuer. Er wirkte enttäuscht, etwas Lauerndes spielte um seine Augen und seinen Mund. Ich komme Viertel nach zwei Uhr nach Hause. Der Ehemann liegt im Bett und dreht sich kurz zu mir um, als ich unter die Bettdecke schlüpfe. Ich sage, dass ich kurzentschlossen noch bei einer Weihnachtsfeier vorbeigeschaut habe. Bei der Goldmann. Er dreht sich wieder um und schläft weiter. Ich lasse mein Leselicht an und lese die Biografie von Camus. Der Ehemann neben mir seufzt und schlägt die Bettdecke zurück. Er sagt, er schlafe oben, das Licht störe ihn. Ich sage, er solle hier bleiben in seinem warmen Bett, ich würde ins Gästezimmer gehen. Ich merke, dass ich vor mich hinlächle auf dem Weg ins Gästezimmer. Ich mag den warmen Vanillegeruch des Mannes nicht mehr. Im Gästezimmer öffne ich das Fenster. Es riecht nach Schnee, und draussen wird es bereits lauter.

14

Nachmittag. Es ist dämmrig. Eine dicke Schneedecke liegt über allem, der Wiese, den Sträuchern, den Beeten. Ich sehe zwei Farbschichten, wenn ich aus dem Fenster schaue. Grau und weiss: Wolken, die auf Schnee liegen. Im Zimmer brennen Kerzen. Dunkelrote. Von den vier auf dem Adventsteller brennt eine. Drei andere weisse stehen auf dem Fensterbrett. Sie sind angezündet. Der Ehemann liegt auf dem Sofa, zugedeckt mit einer Decke. Er greift von Zeit zu Zeit zum Plätzchenteller, den er von seiner Mutter aus Dorf mitgebracht hat, und der Tasse Tee, einen Earl Grey, den ich für ihn bereitet habe. Die Mutter hat Springerle gebacken, das sind Anisplätzchen. Den Teig hat sie in einer Form ausgebacken, sodass jedes Plätzchen wie ein Relief aussieht.

Er hebt seinen Kopf, um zu trinken. Er wirkt matt, wie ein Kranker. Er ist nicht krank, nur überarbeitet. Er legt seinen Oberkörper vorsichtig auf dem Sofa ab und atmet dabei geräuschvoll aus. Zwei Notoperationen in der Nacht, die er selbst leitete, weil zwei Kolleginnen ausgefallen waren, sind der Grund für seinen Zustand. Er lächelt mich an. Seine Gesichtshaut ist fahl, sie spannt um seine knochigen Wangen. Ich habe lange nicht mit ihm geredet. Über das, was ich gerade denke. Weil er mir nie erzählt, was er denkt oder empfindet. Empfindet er? Vielleicht ist es besser, wenn Kardiologen nicht empfinden. Vielleicht ist das eine Voraussetzung, um an einem lebenden Herzen operieren zu können. Ich nehme mir ein Anisplätzchen und frage ihn, was er empfindet, wenn er operiert. Er legt seinen Unterarm über die Stirn. Mhm. Das ist schwer zu sagen. Eigentlich nichts, sagt er. Denken würde ihn stören. Er sei konzentriert bei der Sache, beim Schnitt am Herz. Er schalte alle Gedanken aus. Ja, so ist das, sagt er und lächelt mich wieder an. Ein Lächeln, wie man ein Kind anlächelt, dem man gerade etwas Kompliziertes auf einfache Art erklärt hat. Hast du Sahne für den Tee, fragt er. Ich sage ihm nicht, dass ich ihn nach seinen Empfindungen, nicht nach seinen Gedanken gefragt habe. Ich hole ihm Sahne aus dem Kühlschrank und trinke von meinem Tee, der ungesüsst und ohne Sahne ist.

Ich mag den November und ich mag den Dezember, sage ich, während ich die Teetasse vorsichtig abstelle. Ich erkläre ihm warum und schaue dabei aus dem Fenster über die Schneedecke in die grauen Wolken, durch die Licht schimmert. Ich sage, November und Dezember seien meine Lieblingsmonate. Alles hat sich zurückgezogen. Das Licht. Die Farben. Die Tiere. Das tue gut. Keine Reize. Stille. Frieden. Der Ehemann geht nicht auf meine Worte ein. Er ist eingeschlafen. Seine Augen sind halb geöffnet. Sein Mund auch.

15

Emilia giesst Sahne in die Tassen ihres Teeservices von 1917. Es ist weiss mit Rosenblüten am Rand wie bei Stuckdecken. Es heisst Maria. Emilia hat im Salettl eingedeckt. Der Earl Grey zieht in der Teekanne, die auf einem Porzellanstövchen steht. Auf einer Kuchenplatte liegen ein Hefezopf und ein Messer. Sie sagt, dass der Hefezopf vom Rupfmüller stamme und der beste sei, den es in München zu kaufen gebe. Emilia schiebt Holzscheite in den Kachelofen. Es ist Birkenholz. Das brennt auch, wenn man es frisch geschlagen hat, sagt sie. Ich mag das, so am Ofen sitzen und draussen ist es recht grässlich, der Wind fegt ums Haus. Mein Onkel, dem das Haus gehörte, hat hier im Salettl im Winter immer am Ofen gesessen, nachmittags seinen Tee getrunken und in seinen Afrikabüchern gelesen. Er mochte Afrika. Und ich habe als Kind neben ihm gesessen und war selig, dass ich bei ihm sein durfte. Das erschien mir wie eine grosse Auszeichnung. Warum weiss ich nicht. Sie spitzt ihren Mund und hebt ihre Schultern. Ich stelle mir vor wie sie als kleines Mädchen neben ihrem Onkel gesessen ist, ihre grünen Augen gefunkelt haben und ihre roten Locken auf den Schultern gewippt sind. Sie schneidet den Hefezopf in dicke Scheiben. Ich schaue wie sich dabei ihre Schulter bewegt. Sie habe in den letzten Wochen viel fotografiert, sagt sie. Goldgelb schimmert der Hefezopf im Licht der Sonne. Es ist vier Uhr. Dezembernachmittag. Die Fotos hängen in ihrem Arbeitszimmer. Wir könnten sie uns dann gleich mal ansehen. Es seien Fotos von Gesichtern. Ich habe mich in den letzten Wochen ein bisschen umgesehen, sagt sie. In Paris, im Louvre, in der Metro, und in München in der Glyptothek und auf der Theatinerstrasse, sagt Emilia. Aber jetzt lass uns erstmal Tee trinken und den Zopf verspeisen. Über ihr Gesicht gleitet ein Strahlen. Alles an ihr lacht. Ich freue mich so, dass du da bist, sagt sie und legt ihre Hand auf meinen Unterarm.

Die Fotos hängen an einer Leine in ihrem Arbeitszimmer und sind mit Klammern befestigt. Gesichter von Frauen und Männern auf der Strasse, in Gebäuden, Gesichter von Gemälden abfotografiert, von Statuen. Sie habe versucht, aus Gesichtern Empfindungen herauszulesen. Hier schau, um den Mund der Medusa spielt Ekel und Gier und über dem gesamten Gesicht liegen ein Ausdruck von Abscheu und ein Hauch von Trauer. Und schau dir den Satyr an, in dessen Gesicht ist Überdruss gemeisselt. Und sieh dir die Philosophen an. Emilia ordnet den Namen Empfindungen zu und zeigt auf ihre Gesichter. In Homers Gesicht liege der Ausdruck des Schwärmers, in Platons der des Beobachtenden, in Sokrates der des Siebengescheiten, in Meanders der des Hinterlistigen. Die Mona Lisa trägt über jedem Empfindungsausdruck im Gesicht einen Schleier. Das mache das Geheimnis aus. Und sie habe sich die Gesichter der Menschen in der Metro in Paris angeschaut und in München, vor allem in der Theatinerstrasse. Sie habe einfach im Vorübergehen die Kamera draufgehalten, etwa in Brusthöhe, und abgedrückt ohne durchzusehen. Sie habe es so gemacht, wie ich es ihr erzählt habe. Das habe funktioniert. Sie habe die Gesichter erwischt. Unverfälscht. Hätte ich die Leute gefragt, dann wäre allein schon durch das Wissen, dass sie fotografiert werden, der Ausdruck verändert. Emilia ist begeistert über die Gesichter und all das, was sie darin lesen kann. Sie ruft aus: Schau dir das doch mal an. Die Pärchen. Bei denen kannst du genau lesen, dass ihre Gedanken um die Verletzungen kreisen, die der jeweils andere ihnen vermeintlich zufügt. Sie sehen erschöpft aus von der Beziehung, enttäuscht. Schau. Hier der junge Mann, der in sein Croissant beisst. Er ist mit den Gedanken ganz woanders, nur nicht beim Croissant. Emilia ist berauscht von ihren Fotos und ihren Entdeckungen. Ich sage, dass ich für mein Vorhaben nach Gesichtern suche, die leer sind. In denen es keine Empfindungen gibt. Emilia hält inne: Ob es solche überhaupt gibt, sagt sie. Sie habe keine entdeckt. Sie habe anfangs danach gesucht, weil sie die Idee so gut fand, aber sich dann einfach auf Gesichter, in denen sie lesen konnte, gestürzt. Ich sage ihr, dass mir solche Menschen begegnet sind und dass es sie gibt. Sie sagt, dass sie das spannend finde, aber irgendeinen Ausdruck auf dem Gesicht müsse wohl jeder haben. Wer nichts empfinde, sei doch wohl tot. Wir gehen zurück ins Salettl. Emilia legt Birkenholz ins Feuer, giesst Tee nach, dabei fällt ihr ein, dass sie Champagner im Kühlschrank kaltgestellt hat. Sie stellt die Teekanne aufs Stövchen, holt den Champagner. Der Korken ploppt. Sie schenkt ein, dabei läuft Schaum über den Rand. Emilia scheint das nicht zu bemerken. Wir stossen an. Auf dass dein Vorhaben gelinge, sagt Emilia. Sie finde es sehr spannend, schon allein wegen des Gesichterlesens. Als sie das Glas absetzt, meint sie: Nur mit den leeren Gesichtern, ob das funktioniere, wenn es solche Menschen doch gar nicht gebe.

16

Ich bin auf dem Weg in die Innenstadt, um in einem Sportfachgeschäft Nordic-Walking-Stöcke auszuwählen. Ich weiss nicht, ob es Nordic-Walking-Stöcke um diese Jahreszeit gibt. Minus neunzehn Grad hat das Aussenthermometer angezeigt. In drei Wochen ist Weihnachten. Es könnte am fünften Dezember auch plus neunzehn Grad haben. Ich habe vor einigen Jahren an einem fünften Dezember am Tegernsee in einem Eiscafé gesessen, Milchkaffee getrunken und dazu eine Kugel Schokoladeneis verspeist. Zwei Frauen sitzen mir in der U-Bahn gegenüber. Eine grosse Blonde und eine kleinere mit braunen langen Haaren. Sie sehen aus wie Filmstars, tragen eng anliegende Kleider mit tiefem Ausschnitt, Stiefel mit High Heels und wollene Mäntel mit Pelzkragen. Ihre Augen sind mit Eyeliner nachgezogen, das Make-up im Gesicht lässt ihre Haut jung erscheinen, und auf die Lippen haben sie naturfarbenen Lippenstift aufgetragen. Makellos wirken ihre Gesichter. Ich weiss nicht, was es heisst, dass ein Gesicht makellos wirkt. Ich denke darüber nach und denke an die Gesichter der Models von Modelabels. Die Grosse, Blonde holt aus ihrer Tasche ein Programmheft und teilt der anderen mit, dass sie sich auf den Tenor freue, dass er besonders gut sei. Sie singt ein paar Töne. Beide lachen. Sie sitzen mir gegenüber wie Schauspieler auf einer Bühne, die zwar von ihrem Publikum wissen, aber es nicht wahrnehmen. Das Publikum gehört nicht zum Stück. Ich frage mich, ob es sich vielleicht tatsächlich um eine Theateraufführung handle. Vielleicht findet in München die lange Nacht des Theaters statt und ich bin in einer Theater-U-Bahn gelandet. Ich schaue mir die anderen Fahrgäste an. Die tun so, als würden sie die beiden Frauen weder hören noch sehen, dabei sprechen diese so laut, wie Schauspielerinnen auf einer Bühne. Raumfüllend. Und dabei bewegen sie sich, als müssten sie jede Geste, jedes Wort, jeden Gesichtsausdruck grösser machen als er ist, wie Schauspielerinnen das tun. Sie sprechen über das Orchester, den Dirigenten und Sigi, der gesagt habe, dass sie nach dem Konzert noch nach nebenan kommen sollten in diese Bar. Die kleinere Braunhaarige sagt, dass sie für heute Abend noch mehrere Anfragen habe. Sie sagt, dass manchmal alle auf einmal sich mit ihr treffen wollen und dann gebe es Abende, da sitze sie zuhause vor dem Computer und möchte am liebsten in die ganze Welt E-Mails schicken und allen mitteilen, dass sie zuhause und allein sei und auf Mails und Anrufe warte. Die Blonde schrickt zusammen und fragt, was wäre, wenn die vergessen hätten, die Karten für sie zu hinterlegen. Das haben die nicht, sagt die andere. Die Blonde macht ihre Handtasche auf und holt eine silberne Pistole heraus, zielt auf die andere und sagt: Und wenn, dann laufen wir Amok, das ist doch gerade In. Fluchtwagen dürften genug vor der Oper bereitstehen. Die Dunkelhaarige lacht. Ich schmunzle die beiden an. Die sehen mich nicht. Ich bin Publikum. Ich mache mir Sorgen, dass die anderen Fahrgäste die Fiktion der Szenerie nicht verstehen könnten, und schaue mich um. Die Fahrgäste tun weiterhin so, als würden sie die beiden weder hören noch sehen. Die U-Bahn hält. Der Blonden fällt ein, dass sie aussteigen müssen. Die beiden Frauen verschwinden schnell durch die Tür. Die anderen Fahrgäste nehmen das nicht zur Kenntnis.

Das Sportfachgeschäft ist ein Kaufhaus über drei Etagen mit zwei Zwischengeschossen. Ich frage im ersten Zwischengeschoss einen Verkäufer, der einem Mann erklärt, was neu an der Skibindung ist, nach Nordic- Walking-Stöcken. Er wisse nicht, ob welche im Lager seien. Er rufe gleich an, sagt er und teilt dem Mann, den er gerade bedient, mit, dass er eigentlich alles zur Skibindung gesagt habe. Er solle es sich einfach in Ruhe überlegen. Ich setze mich auf einen der Hocker in der Skistiefelabteilung und schaue auf die Wand voller Skistiefel vor mir. Eine Frau einige Meter neben mir probiert einen rosafarbenen Skistiefel an. Sie hinkt, als hätte sie einen Gipsverband statt einen Skistiefel am Fuss. Ein Kaufhaus ist ein Ort, an dem alle damit beschäftigt sind, in Ruhe darüber nachzudenken, ob sie das, was sie gerade in den Händen halten, kaufen sollen. Jemand legt mir die Hand auf die Schulter. Es ist Tills Hand. Stämmig. Klein. Breite Finger. Der Verkäufer bringt Nordic-Walking-Stöcke. Es seien noch welche im Lager, die könne er ordern und dann seien sie morgen da. Die hier habe er noch da gehabt, weil ein Kunde sie zurückgegeben habe. Sei wohl nicht das richtige Modell gewesen. Er schraubt das Teleskopstück auseinander. Er wolle nur schauen, ob alles okay sei und nicht doch eine Reklamation vorliege. Und: Ob für mich denn das Modell in Ordnung sei. Ich sage, dass für meine Zwecke das Modell keine Rolle spiele. Wichtig sei nur, dass die Stöcke nicht auffällig wären, keine grellen Farben oder Markenschriftzüge hätten. Das scheint mir ja ein mysteriöser Zweck zu sein, meint Till. Wenn du mich etwas fragen willst, dann frage jetzt, sage ich. Till spitzt seinen Mund, als wolle er pfeifen, und schaut in die Luft. Hast du dann etwas Zeit?, fragt er. Er nimmt mich mit in eine Kneipe in der Nähe des Schlachthofes. ›Roter Hahn‹ heisst die. Sie ist voller Menschen, die sitzen alle um Holztische. Es sind so viele Stühle mit Menschen im Raum, dass wir kaum durchkommen. Überall stehen Kerzen auf den Tischen, irgendwo spielen Musiker. Vor der Tür hängt ein Filzvorhang. Warm und stickig ist es. Es scheinen immer mehr Menschen zu werden. Wo kommen die her? Quellen die aus den Parkettritzen hervor? Ich kann den Fussboden nicht sehen, zu viele Menschen, zu dunkel, nur Kerzenlicht im Raum. Und Hitze. Die Gesichter leuchten rot und glänzen. Till hält mich an der Hand. Damit wir uns in der Menge nicht verlieren. Er quetscht sich auf eine Bank, schiebt die Leute soweit zusammen, dass ich auch noch Platz habe. Ich lächele. Die lächeln. Till bestellt ein Bier und eine Portion Schweinsbraten. Ich dasselbe. Das Bier, das gebracht wird, ist ein Schwarzbier. Ich trinke es schnell. Vielleicht auch mehrere Biere. Ich kann mich nur noch erinnern, dass ich müde war, dass es draussen auf der Strasse kalt war. Vielleicht hat Till mich in ein Taxi gesetzt und nach Hause fahren lassen. Ich weiss es nicht. Ich stehe in meinem Haus, in der Diele mit einem Stock in der Hand. Das Teleskopteil zusammengeschoben. Ich weiss nicht, wo der andere ist. Ein Stock genügt für mein Vorhaben. Ein Stock macht es sogar leichter, weil ich ohnehin nur einen Stock präparieren lassen kann.

17

Der Requisiteur lebt in einem Hinterhaus, im Souterrain im Stadtteil Haidhausen. Eine Treppe führt vom Hof in seine Werkstatt und Wohnung. Beides befindet sich in einem grossen Raum mit zwei Lichtschächten, einem Gang mit einer Küchenzeile. Sein Bett steht unter den Fenstern, daneben hinter einer Plexiglaswand eine Badewanne und eine Dusche, eine Werkbank mitten im Raum und ein runder Bistrotisch neben dem Kühlschrank. Ein Mountainbike ist an die Wand neben sein Bett gelehnt, vor seinem Bett steht ein Flachbildfernseher. Ein Trickfilm läuft. Er hat den Kinderkanal eingeschaltet. Auf der Werkbank liegen Pläne, mehrere Handys, leere Red-Bull-Dosen. Ich lege meine Zeichnung von dem Regenschirm, der im Fall Georgi Markow verwendet wurde, auf den Tisch. Der Requisiteur fragt, ob ich Red Bull oder einen Kaffee möchte. Espresso, sage ich, wenn es möglich ist. Es ist möglich. Der Requisiteur heisst Marco. Er ist kräftig gebaut, bewegt sich flink durch den Raum. Er redet viel. Es klingt, als komme er aus Berlin. Seine Stimme hat einen hellen Klang. Ich kann ihn nicht verstehen. Das liegt an den hohen Räumen. Die schlucken die Worte. Ich sage ihm, dass ich ihn fast nicht verstehen kann, wegen der schlechten Akustik, ob er nicht etwas langsamer und deutlicher sprechen könne. Er spricht weiter wie bisher, und ich weiss nicht, ob er mich verstanden hat. Ich nehme mir vor, ihm in die Augen zu sehen und langsam und deutlich mit ihm zu sprechen, wenn er aus seiner Küchenzeile kommt. Er hat dunkelgraue Augen.

Wie das Fell von Mäusen. In der Iris des linken Auges sind nebeneinander zwei schwarze Punkte. Ich erkläre ihm, dass ich den Nordic-Walking-Stock so präpariert haben möchte wie es der Regenschirm, der beim Regenschirmattentat verwendet wurde, war. Und dass ich dazu gern Platinkügelchen hätte, wie sie damals verwendet wurden. Muss es funktionieren?, fragt er. Ich sage, dass es genauso funktionieren soll wie in der historischen Vorlage. Er wisse doch, die Authentizität. Erst wenn alles, jede noch so kleinste Empfindung im Gesicht eines Schauspielers, so echt wie möglich ist, erst dann vergessen die Zuschauer, dass es sich um Fiktion handelt, und die Gefühle springen von der Leinwand direkt in den Solarplexus. Marco stöhnt. Er habe bisher gemeint, nur die Männer, also die Regisseure, seien so durchgeknallt. Ich sage ihm, dass ich Autorin bin. Er fragt, welche Drehbücher denn von mir stammten. Er habe meinen Namen noch nie gehört. Ich sage, dass ich unter Pseudonym schreibe, auch diesmal. Marco nimmt die Zeichnung, überzeichnet die Linien mit einem Filzstift und sagt, dass es schwieriger sei mit einem Nordic-Walking-Stock, weil da der Knopf für den Auslöser fehle. Er könne den einbauen. Er legt meinen Stock in seinen Werkzeugschrank. Dort liegt bereits einer, der aussieht wie meiner. Er klebt einen Zettel mit meinem Namen darauf.

18

Fünfzig Personen hat der Ehemann eingeladen. Er hat Bierbänke aufgestellt, im Erdgeschoss des Hauses. Im Esszimmer. In seinem Arbeitszimmer. In meinem Arbeitszimmer. In der Diele. In der Küche ist das Buffet aufgebaut, auf der Terrasse stehen Getränkekästen. 22 Grad Aussentemperatur zeigt das Thermometer. In der Nacht sollen es zwei Grad werden. Temperatursturz von bis zu 20 Grad in einigen Städten wie in Freiburg im Breisgau innerhalb von 24 Stunden, sagen die Meteorologen. Die Luft ist warm. Der Föhn verändert die Sicht. Die Konturen sind schärfer, das Wintergehölz der Bäume dunkler, der Schnee grobporiger, die Berge näher, die Wolken auch. In neun Tagen ist Weihnachten. Der Mann feiert Geburtstag. Den fünfzigsten. Ich habe weisse Tischdecken über die Biertische gebreitet und Kerzenständer, die aussehen, als wären sie aus Gold, darauf gestellt. Ich mag solche Kerzenständer nicht, aber der Mann wollte sie, damit es festlich aussieht. Sie haben nicht viel gekostet. Die beiden Söhne und deren Freundinnen sollen die Gäste bedienen. Der ältere ist noch nicht da. Als er mit seiner Freundin kommt, sagt der Ehemann: Oh, was bringst du mir denn für ein Geschenk mit. Er schaut die Freundin an. Von oben bis unten. Es sieht aus, als übertreibe er absichtlich, als spiele er eine Rolle. Einen Typen mit Goldkettchen und Siegelring. Der Vater des Mannes fragt den älteren Sohn, woher er denn den Hasen habe. Die anderen am Tisch lachen. Der Vater des Mannes hat eisblaue Augen. Tote Augen, hat Lisa gesagt, als wir uns einmal darüber unterhielten. Ich hatte Lisa erzählt, dass in seinem Haus eine Urkunde hängt, auf der steht, dass er bei der SS war. Lisa hatte gesagt, dass es in ihrer Familie auch so eine Geschichte gibt. Ihr Grossvater. Mehr wollte sie dazu nicht sagen. Sie sei noch nicht so weit. Die Freundin des älteren Sohnes hat eine makellose Haut. Die schimmert wie blauschwarzer Samt im Kerzenlicht. Sie zeigt viel von der Haut, lacht den Mann an und übergibt ihm ein Paket. Darin ist ein Kuchen. Den hat sie selbst gebacken. Der Kuchen heisst Milk Tart. Er ist mit Zimt bestreut. Er besteht aus einer cremigen Masse. Die Freundin des Sohnes fragt den Mann, ob sie ihn zu den süssen Speisen auf das Buffet stellen soll. Ja, ja, sagt der Mann. Mach nur. Alles, was du willst. In seinem Gesicht zeigt sich ein Lachen, aber er lacht nicht. Ich beobachte seine Augen. Er hat die Augen seines Vaters. Noch sind sie wasserblau und nicht vereist. Manchmal, wenn er mich anschaut, sind seine Augen grau, als läge ein Schatten darauf. Der Tisch für die Geschenke steht im Arbeitszimmer. Als alle essen, stecke ich unter die vielen Umschläge, die dort an Blumenvasen voller Rosen und Azaleenblumentöpfen stehen, einen Umschlag von mir. Eine Karte aus handgeschöpftem Büttenpapier mit einer 50 auf dem Umschlag. In die Innenseite habe ich in Druckbuchstaben geschrieben: Einladung zu einer aussergewöhnlichen Nacht. Treffpunkt Dienstag, 20. Dezember, 19.30 Uhr vor dem Nationaltheater, Max-Joseph-Platz. Alles weitere vor Ort. Gruss von einer bekannten Unbekannten. Ich schenke dir das Buffet, hatte ich dem Ehemann gesagt. Er wollte kein Catering. Man könne viel Kosten sparen, wenn man selbst ein Buffet anrichte, hatte er gesagt. Ich habe lange gerechnet, um die günstigsten Gerichte, die am wenigsten Zeitaufwand erfordern und satt machen, zusammenzustellen. Es gibt Salate aus Linsen, Karotten, Kartoffeln und Nudeln. Es gibt Schweinekrustenbraten und Geflügelbrüste. Den Kuchen haben die Gäste mitgebracht. Ich habe Lisa eingeladen, damit ich jemanden zum Reden habe. Ich habe das Lisa vorher mitgeteilt. Unter den Gästen werden Kollegen sein, hat Lisa gesagt. Sie rede gern mit denen. Es sind keine Pathologen eingeladen, sage ich. Und dass sie nicht kommen brauche, wenn sie nicht für mich da sei. Lisa ist für mich da. Wir essen Sushi, das ich nur für uns besorgt habe, aus einer Plastikschale und hören die Toccata avanti la Messa della Domenica von Girolamo Frescobaldi im Musikzimmer im ersten Stock. Es ist ein Stück aus der Orgelmusiksammlung des Mannes. Ich habe gar nicht gewusst, dass er auf Orgelmusik steht, sagt Lisa. Sie hat sich in den Ohrensessel gesetzt. Jetzt fehlt nur noch der Drink und was zum Knabbern, sagt sie und zwinkert mir zu. Du meinst, wenn ich dich schon darauf festlege, dass du für mich da bist, dann muss ich auch gut für dich sorgen, sage ich. Genau, erwidert Lisa und lacht. Wenn Lisa lacht, dann ist es, als käme dieses Lachen aus dem Herzen. Bevor ich das Zimmer verlasse, sage ich: Übrigens, Geo steht nicht nur auf Orgelmusik, er spielt selbst Orgel, meist in der Kapelle im Krankenhaus nach einer riskanten Operation oder wenn ein Patient verstorben ist. Dann spiele er für die Angehörigen, und die Krankenhauspastorin halte einen Gottesdienst, sage ich. Das spricht doch aber für ihn, sagt Lisa. Mich ärgert Lisas Einwand.

Gegen drei Uhr kommt der Ehemann in das Musikzimmer. Lisa ist eingeschlafen. Ich schaue mir eine

DVD an: Horowitz 1985 in Moskau. Die Kamera zeigt die Gesichter der Menschen, die ihm zuhören. Aufgedunsene, erschöpfte Gesichter von Männern und Frauen. Tränen rinnen darüber. Ein Mann wischt sich mit einem Stofftaschentuch über die Augen. Der Ehemann nimmt die Karten vom Geburtstagstisch, legt sich auf die Liege, seufzt auf und schaut sich die Karten an. Oh, was ist denn das, sagt er. Er hält meine Karte in der Hand. Lisa wacht auf. Er zeigt sie Lisa und fragt, ob sie von ihr sei. Wer weiss, sagt Lisa. Sie blinzelt ihn an und lacht wieder ihr Herzlachen. Der Ehemann liest, zieht die Stirn hoch, dann die Augenbrauen zusammen, sagt: So, so, und steckt die Karte zu den anderen zurück. Ich denke, dass er sie nicht ernst nehmen und den Termin vergessen könnte.

19

Die Goldmann will, dass ich ein Interview führe. Zur Vorbesprechung des Interviews will sie, dass ich zu ihr komme. Ein Telefonat genüge da nicht. Wenn man aus der Stadt in Richtung Süden fährt, kann man die Alpen sehen. Nicht heute. Heute sind sie in Schneewolken eingehüllt. Im Voralpenland regnet es. Bindfäden, wie man sagt. Ich fahre zu schnell in den Hof. Mit Absicht. Damit der Matsch aus den Pfützen hoch aufspritzt. Ich finde, das sieht dramatisch aus. Ich bin in so einer Stimmung. Die Musik von meiner CD, die ich im Auto höre, vergrössert meine Stimmung, dehnt sie aus. Ich höre elektronische Musik. Die Titel heissen ›Ein Morgen am Tegernsee‹, ›Zugspitz‹, ›Seele des Walchensees‹. Als ich klingle, stupst der Hund Toto mit seiner Schnauze die Haustür auf. Ich reiche ihm meine Hand zum Beschnuppern. Ich hoffe, dass die Goldmann fragt, ob ich einen Kaffee möchte. Sie ist in Schwarz gekleidet, trägt einen schwarzen Rollkragenpullover und eine schwarze Hose. Sie sieht blass aus und dadurch zerbrechlich. Sie fragt nach Kaffee. Ich sage Latte Macchiato, und dass es bei ihr den besten in der ganzen Gegend gebe, da komme kein noch so gutes Kaffeehaus mit. Ich sage ihr das, weil sie so schön und zerbrechlich aussieht. Die Goldmann lächelt. Sie lächelt wie jemand, der es nicht gewohnt ist zu lächeln. Antje bringt den Latte Macchiato in einem Glas. Der Stiel des Löffels, der im Glas steht, ist ein Trinkhalm aus Edelstahl. Er gefällt mir nicht. Ich sage: Raffiniert gemacht. Die Goldmann lächelt wieder. Das gefällt mir auch nicht. Sie sagt, dass sie mich bestellt hat, weil sie sich für die Festschrift des kommunalen Abfallunternehmens etwas Besonderes ausgedacht hat. Ein Interview als Vorwort. Das sei mal was anderes. Sie sagt, dass wir uns aber beeilen müssen, bevor es zu spät ist. Ich frage warum. Der Bürgermeister, mit dem ich das Interview führen solle, sei schwer krank und es könnte schnell gehen. Ich sage, dass ich ihn erst kürzlich bei einem Empfang für den Bischof gesehen hätte und er gut ausgesehen habe. Er erzählte mir, dass die Therapie angeschlagen hat. Alle durchlaufen diese Phase der Hoffnung, aber letztlich schafft es doch keiner, sagt sie. Wissen Sie, ein jeder bildet sich ein, dass es bei ihm nicht so schlimm ist, dass es für ihn ein Wunder gibt. Es steht auch so viel in den Medien über solche Fälle. Aber in Wahrheit gibt es das so gut wie gar nicht. In Wahrheit geht es dann ganz schnell, meist doch irgendwie unerwartet, auch wenn jeder vom tödlichen Verlauf weiss. Wissen Sie: Das habe ich schon oft erlebt. Und dann geht es schnell. Wenn die Broschüre erscheint, könnte er schon nicht mehr sein, und wir sind dann die Letzten, die ein Interview von ihm haben, sagt sie. Wir sitzen im Esszimmer der Goldmann an einem quadratischen Esstisch. Tagsüber ist es das Besprechungszimmer für Kunden und früh und abends das Esszimmer für die Goldmann und ihre Tochter. Das Esszimmer ist mit dunklem Holz getäfelt und hat viele kleine quadratische Fenster. Sie wiederholt mehrmals, in verschiedenen Varianten, was sie eben gesagt hat, und verwendet jedes Mal die Bezeichnung ›in Wahrheit‹. Dann erzählt sie von ihrem Lieblingsfotografen: Wissen Sie noch? Bei Henry von Frankenberg ist es damals auch schnell gegangen. Er sei zwar schon über achtzig gewesen, habe aber fitter gewirkt als mancher

Fünfzigjährige. Alle hätten gelächelt, als sie gesagt habe, dass wir den Kalender von ihm fotografieren liessen, es könnte seine letzte fotografische Arbeit sein und damit besonders wertvoll. Und dann ging es schnell. Einen Monat nach der Produktion sei er tot gewesen und seine letzten Fotografien im Kalender erschienen. Ich kenne die Geschichte und denke, dass er vielleicht gestorben ist, weil die Goldmann ihre Gedanken in die Welt entlassen hat. Sie wiederholt auch diese Geschichte mehrmals, baut Varianten ein und beginnt jedes Mal mit »Wissen Sie«. Ich sage ihr, dass ich den Bürgermeister anrufe. Gleich am nächsten Tag. Ich sage ihr das ebenfalls mehrmals, weil sie mir nicht antwortet oder zustimmt, sondern immer wieder die Geschichte von Henry von Frankenberg erzählt. Ich trinke den Latte Macchiato, stehe auf und verabschiede mich. Ich sage ihr, dass es bei ihr den besten Kaffee im ganzen Oberland gibt und ich jetzt aber fahren müsse, da ich noch einen Termin habe. Die Goldmann lächelt und ein kleines Mädchen schimmert unter ihrem müden Gesicht hervor. Sie begleitet mich zum Auto und sagt, ich solle den Bürgermeister gleich anrufen, denn es könne schnell gehen und dann würden sich alle wundern, woher wir das Interview hätten. Sie begleitet mich zum Auto, und um uns tänzelt Toto durch den Matsch. Die Goldmann läuft schnell ins Haus zurück, um sich gefütterte Gummistiefel anzuziehen. Ich steige ins Auto und mit dem Zünden erklingt die Vertonung von ›Ein Morgen am Tegernsee‹. Ich öffne das Fenster und lass die Musik hinaus. Die Goldmann sagt, dass dies eine schöne Musik sei. Aber wissen Sie, sagt sie. Leider hat für solche Musik heute keiner mehr ein Gespür. Das ist schade für den Musiker, denn so etwas kaufen ihm nur Freunde ab, um ihm eine Freude zu machen. Aber schön ist es, sagt sie, als ich bereits wende. Ich winke ihr, sehe sie im Rückspiegel mit Hund Toto, der seine Schnauze in einen Berg schmutzigen Schnees gesteckt hat, in der Einfahrt stehen.

19

Ich rufe im Auftrag von Frau Goldmann an, sage ich der Sekretärin des Bürgermeisters. Der Name Goldmann ist bei dieser Formulierung das siebente Wort. Das habe ich mir genau überlegt. Lieber noch hätte ich eine Formulierung gefunden mit dem Namen Goldmann an erster oder zweiter Stelle. Der Name Goldmann ist ein Türöffner. Die Sekretärin hört mir, als sie den Namen Goldmann hört, weiter zu und sagt dann, dass sie sich wegen eines Termins bei mir melden werde. Ich sage ihr nicht, dass es dringend ist, weil es ja schnell gehen könne.

20

Till will, dass ich eine der Protagonistinnen in seinem neuen Film bin. Eine Dokumentation über Geisteswissenschaftler und gleichzeitig ein Spielfilm. Wir treffen uns in einem Café am Rosenheimer Platz, damit er mir erklärt, was er vorhat. Im Buffet liegen mehrere Reihen Lebkuchen. Ich bestelle mir einen zum Kaffee. Till steht vom Tisch auf und geht an den Tresen, kehrt mit Honig zurück. Er trinke seinen Kaffee nur noch mit Honig, sagt er und rührt einen Löffel Honig in seine Espressotasse. Ich frage ihn, was er dokumentieren will. Was der Geist von Geisteswissenschaftlern so produziert, nachdem sie sich im Studium jahrelang damit beschäftigt haben, was Geist beabsichtigt und verfolgt. Und ausserdem würde er es interessant finden, womit Geisteswissenschaftler so nach sechs Jahren Studium ihr Geld verdienen. Er lacht feist vor sich hin. *Feist.* Till bläst die Wangen beim Lachen auf und bläst geräuschvoll Luft auf seine Espressotasse. *Feist.* Ich habe nicht gewusst, dass feist *strotzen*, *fett sein*, *schwellen*, *quellen* heisst. Das lese ich in meinem Smartphone, während Till sich so einen Lebkuchen holt, wie ich ihn auf dem Teller liegen habe. Till will einen ersten Termin mit mir für eine Aufnahme. Er sagt: Am besten bei diesem Requisiteur, nach dem ich ihn gefragt hätte. Ich solle mich vorstellen und erklären, was ich dort zu tun hätte, also an welchem Projekt ich arbeite. Er würde das filmen lassen. Till spricht schnell auf mich ein, als wolle er mich überreden, dies zu tun. Ich höre ihm zu und leiste keinen Widerstand. Dass er mich von etwas überzeugen will, dem ich offen gegenüberstehe, wundert mich. Deshalb sage ich ihm, dass er mich bei dem Termin mit dem Bürgermeister filmen kann. Damit verdiene ich mein Geld. Beim Requisiteur gebe ich Geld aus.

21

Celine heisst das Geschenk für den Ehemann. Sie arbeitet bei einem Escort-Service. Ich habe ihr gesagt, dass der Ehemann nur Datum und Uhrzeit kenne, nicht, was ihn erwarte. Celine hat gesagt, sie verstehe. Ihre Stimme erinnert mich an die von Fernsehmoderatorinnen. Jedes Wort ist von Tönen, die ich als weiche Freundlichkeit bezeichne, durchtränkt. Ob sie wirklich versteht, weil sie in Form eines Gutscheins mindestens einmal im Monat als Geburtstagsgeschenk an Ehemänner vermittelt wird, frage ich nicht nach. Celine hat braune lange Haare. Auf dem Foto stand sie mit gespreizten Beinen in einem Bach. Nackt. Ich habe das Foto angeklickt. Es erschienen noch mehr Fotos und ihre Daten. Alter: 35 Jahre. Grösse: 172 Zentimeter. Gewicht: 54 Kilogramm. Konfektionsgrösse: 36. Oberweite: 75 C-D. Celine begleitet weltweit Männer, Paare und Damen. Ihre Vorlieben sind Girlfriend-Erotik, Küssen, französische Erotik, Toys und Massage.

Ich weiss nicht, ob der Ehemann den Termin ernst nimmt. Ich hatte gleich nach seinem Geburtstag seine Sekretärin angerufen und sie gebeten, den Termin in seinen Kalender einzutragen. Sie hat ihn als wichtig gekennzeichnet. Der Termin ist heute 19.30 Uhr. Ich bin aufgestanden, habe mir ein Müsli mit Sojamilch, ein weich gekochtes Ei und einen Kaffee zubereitet, die Zeitung gelesen, bin durch den Garten spaziert, habe den Requisiteur angerufen und gefragt, wann ich meine Requisiten abholen könne. Ich habe ihn gebeten, eine 64 unterhalb des Griffes am Stock einzugravieren. In Silber. Dann habe ich ausgerechnet, bis wann der Ehemann nach Hause kommen muss, um den Termin einzuhalten. Spätestens 18.45 Uhr muss er da sein, seine Tasche abstellen, sich umziehen und dann sofort losgehen. Ich habe mir überlegt, ob ich die Sekretärin nochmals anrufe oder den Ehemann selbst, um ihn an seinen Termin zu erinnern. Ich habe es nicht getan, weil ich dachte, dass er dann vielleicht den Termin gerade nicht wahrnimmt. Der Ehemann kommt am Nachmittag gegen 16 Uhr. Er küsst mich flüchtig auf den Mund. Ich frage mich, wie wir uns sonst begrüssen. Er kommt und sagt Hallo. Ich komme und sage Hallo, wie war dein Tag. Geht schon, lautet seine Antwort. Oder ist es anders? Ich habe nicht darauf geachtet, wie wir uns in all den 23 Jahren tagtäglich begrüssen. Er nimmt ein Bad und sagt, dass ein Kollege seine Nachmittagssprechstunde übernommen habe, denn heute sei ja dieser Termin, ich wisse schon, den er zu seinem Fünfzigsten geschenkt bekommen habe. Ich spüre es in der Herzgegend ziehen und im Bauch. Das Atmen geht etwas schwer. Der Mann nimmt nie ein Bad. Er wäscht oder duscht sich meist kalt. Warm duschen oder baden braucht es nicht, sagt er. Vielleicht weiss er, dass ich dahinterstecke, überlege ich. Vielleicht spricht er es nur nicht aus oder fragt nicht, weil er mir das Spiel nicht verderben will. Ich verlasse eine halbe Stunde vor ihm das Haus, weil ich das Treffen zwischen ihm und Celine aus der Ferne beobachten will. Ich habe lange überlegt, ob ich das will. Sie treffen sich vor dem Nationaltheater. Vielleicht erwartet der Ehemann mich dort.

Der Ehemann steigt kurz vor halb acht die Treppen zum Portal hoch. Er sucht den Eingang ab, dann den Platz. Celine ist bereits da. Ich habe sie erst nicht erkannt. Sie hat ihr Haar hochgesteckt, trägt ein knöchellanges Abendkleid. Der Rücken ist frei. Sie geht auf ihn zu. Sie sagt ihren Namen und dass sie sein Geburtstagsgeschenk sei und mit ihm den Abend und die Nacht verbringen würde. Das habe ich mit Celine so vereinbart. Ich weiss nicht, was er sagt. Sie hakt ihn unter. Es sieht so aus, als ziehe sie ihn ins Theater. Ich laufe vor zum Odeonsplatz, kaufe mir in dem Café der amerikanischen Cafékette Starbucks an der Theke einen Kuchen namens Schokoladentartar und einen Espresso, lümmle mich in eines der Ledersofas am Fenster. Eine Gruppe Japaner kommt herein. Stimmengewirr in hohen Tönen saust um die Theke. Sie bestellen Coffee to go. Latte Macchiato mit Caramel-Geschmack, Milchkaffee mittel, Latte Espresso.

Der Abend und die Nacht mit Celine kosten mich eintausend Euro. Das Dinner, das Taxi und das Hotel muss ich extra bezahlen. Ich stelle mir vor, wie der Ehemann zu Celine sagt, dass sie gut zu seinem Anzug passe. Er trägt einen grauen Anzug und ein schwarzes Hemd. Celines Kleid ist schwarz. Ich stelle mir vor, dass er, während sie die Treppe zur Loge hochgehen, bemerkt: Dann schauen wir mal, was der Abend so bringt. Wie er seine Lippen aufeinander presst, sie anlächelt. Angestrengt. Ich stelle mir vor, wie er zwischen den Szenen, wenn alle klatschen, in den Saal ruft: Fantastisch. Bravo. Wie er aufsteht und leidenschaftlich klatscht. Wie er zu Celine sagt: So etwas Schönes. Wie er die drei Worte wiederholt. Die beiden schauen sich Engelbert Humperdincks ›Königskinder‹ an. Meist wird in der Weihnachtszeit ›Hänsel und Gretel‹ gegeben. In diesem Jahr ›Königskinder‹. Meine Gedanken bleiben bei dem Wort Königskinder hängen. Ich frage mich warum. Die Japaner im Café fotografieren sich gegenseitig, wie sie in die amerikanischen Kuchen beissen. Einer fragt mich, ob er seine Kameratasche auf meinem Tisch abstellen darf. Er deutet mehr als er fragt. Japaner sehen für mich alle gleich aus. Ich kann auch ihr Alter nicht erkennen. Ich könnte mich nie in einen Japaner verlieben. Ich öffne die Notizendatei in meinem Smartphone und schreibe: Auch wir sind Königskinder. Der Mann hat sich erst leer gemacht und dann verschlossen. Vielleicht konnte er deshalb Herzchirurg werden. Dann hat er das Beste daraus gemacht. Und ich? Ich weiss nicht, was das Beste für mich ist.

Der Japaner verbeugt sich und nimmt seine Kameratasche vom Tisch. Er deutet mir, dass er mich fotografieren will. Ich schnappe mir mit dem rechten Zeige- und Mittelfinger ein Stück Schokoladentartar und halte es so, wie Japaner mit Stäbchen essen würden, und öffne meinen Mund so lange, bis der Japaner eine Serie von fünf Fotos fotografiert hat. Hinter ihm stehen die anderen aus der Reisegruppe und schauen zu. Als sie verschwunden sind, folge ich wieder meinen inneren Bildern. Ich stelle mir vor, wie nach der Oper Celine den Ehemann zu einem Taxi führt. Sie fahren nach Schwabing in ein französisches Restaurant. Ich stelle mir vor, wie er beim Dinner Celine gegenübersitzt und sagt, dass er jetzt gar nicht wisse, was er sagen solle, und Celine ihm auf Französisch eine Menüfolge zusammenstellt. Tsarskaya, fine de claire Austern, Medaille d`Or, Soupe du marché du jour, Poulet de Bresse, als Beilage

Gratin dauphinois und Crème brûlée zur Nachspeise. Celine wird Champagner bestellen und mit dem Ehemann trinken, noch bevor das Essen kommt, damit er locker wird. Das habe ich ihr vorgeschlagen. Vor achtzehn Jahren, als ich den ersten Abend mit dem Mann verbrachte, hatte er für mich die Speisen ausgewählt. In einer bayerischen Wirtschaft. Der erste warme Sommertag im Frühling. Er hatte mich in der Mittagspause mit an einen See genommen. Einen Moorsee in den Bergen, mit Moorwiesen und Schilf am Ufer, Bootsstegen, die in den See führten. Das Wasser des Sees schimmerte rostrot. Im See spiegelten sich Himmel und Sonne und am anderen Ufer läuteten die Glocken der Klosterkirche. Ein paar Leute spazierten am Ufer. Er stieg vom Steg über eine Leiter ins Wasser, tauchte unter und schwamm hinaus. Später lud er mich ein zu einer echten bayerischen Brotzeit, wie er sagte. Die wirst du mögen. Wir waren die einzigen Gäste in der Wirtschaft, in der Gaststube war es dunkel, die Wirtin reichte uns die Brotzeitkarte. Es stand nicht viel auf der Karte. Zwei Paar Wiener mit Kartoffelsalat oder Brot. Debreziner mit Brot. Beides wegen der darin enthaltenen Konservierungsstoffe nicht essbar, erklärte der Mann. Er bestellte für sich einen Obatzten und für mich einen roten und einen weissen Presssack. Ganz was Gutes, da wirst du staunen, sagte er. Er betonte die Worte wie ein Märchenerzähler. Das tat er immer, wenn er von den Bergen, dem grossen und kleinen Thraiten, der Rotwand, dem Miesing, dem Wendelstein, den Almen und der Sennerin Babette, dem Soinsee und der Quelle im Ursprungtal, dem roten und weissen Presssack, dem Weissbier und dem Obatzten redete. Der Ton seiner Stimme verwandelte alles, wovon er sprach, und verlieh den Dingen einen zauberhaften Glanz. Es schien etwas Besonderes zu sein, wenn man mitgehen durfte auf den Miesing, wenn man schwimmen durfte im rostroten Wasser des Kirchsees. Den roten Presssack ass ich, sehr langsam mit viel Brot zwischen jedem Bissen, den weissen schob ich ihm über den Tisch. Er erzählte mir, dass er seinen Facharzt in Kardiologie mache und gern mal unsere Herzen jetzt hüpfen sehen würde. Damals konnte man vom schlagenden Herz noch keine Aufnahme machen. Heute gibt es in der Abteilung des Ehemannes einen Raum ohne Fenster, in dem in der Mitte eine Liege und auf den Tischen an den Wänden mehrere Monitore stehen, an denen sitzen Assistenzärzte, die so unauffällig aussehen wie Studenten oder Kassiererinnen beim Discounter. Sie lächeln kurz auf, wenn jemand den Raum betritt, und wenden sich dann wieder dem Monitor zu. Das einzige Licht im Raum strahlt von den Monitoren, erhellt die Gesichter der davor Sitzenden. Als mir der Ehemann diesen Raum gezeigt hatte, war die Magnetresonanztomografie neu und seine Abteilung die erste in Deutschland, die ein solches Gerät erwerben konnte. Er zeigte auf einen der Monitore. Eine graue ovalförmige Masse war darauf zu sehen, die es in gleichmässigen Rhythmen durchzuckte. Ich dachte an Brechreiz, der vom Magen aufsteigt, wieder nachlässt erneut aufsteigt, sich aber nicht entladen kann. Quälend. Ein schlagendes Herz, in Echtzeit, sagte der Mann. Echtzeit. Das Wort holt mich in das amerikanische Café am Odeonsplatz zurück, in dem ich sitze. Es holt mich zurück zu Celine, die mit dem Mann den Abend verbringt. Ich stelle mir vor, wie er zu Celine sagt, dass er gern ihre beiden schlagenden Herzen auf dem Monitor sehen würde. Ich stelle mir vor, wie er Celine das Verfahren erklärt. Das Wort Magnetresonanztomografie hüpft auf seiner Zunge. Celine sitzt mit geradem Rücken vor ihm, spielt mit dem Etikett der Champagnerflasche. Wie heisst Celine richtig? Was bedeutet richtig heissen? Sie gibt sich einen Namen für eine Rolle, die sie spielt. Und sie hat einen Namen, für die Person, die sie ist, wenn sie die Rolle nicht spielt. Welche Person ist sie dann? Dafür, dass sie ihm aufmerksam zuhört und später mit ihm eine erotische Nacht erlebt, bekommt sie 60 Euro in der Stunde. Komm gehen wir, wird der Ehemann zu später Stunde sagen. Er hat dann bereits genug getrunken. Lass mich sehen, ob dein Busen hält, was er verspricht, und was es sonst noch zur Nachspeise gibt.

Ich bin mit meinen Vorstellungen der Zeit voraus. Es ist 21 Uhr. Die Oper ist noch nicht aus. Vor achtzehn Jahren sind wir nach dem bayerischen Essen in sein Zimmer, das er in einer Wohngemeinschaft in Schwabing bewohnte, gefahren. Komm, bleib doch die Nacht, hatte er gesagt. Wir haben uns geküsst, auf seinem Sofa uns umarmt, überall berührt, dann bin ich von seinem Sofa aufgestanden und gegangen. Er war mir fremd noch, damals, nach dreizehn Stunden. Ich stelle mir vor, wie der Ehemann, kaum ist er mit Celine im Appartement, lüstern röhrt. Wie er die Brüste von Celine umfasst, wie er sagt: Komm Baby, zieh dich aus vor mir, zeig was du kannst. Komm, reit auf mir. Der Ehemann mag das. Auch wenn man seinen Penis in den Mund nimmt. Ich weiss nicht, ob Celine das macht. Wegen der bayerischen Hygieneverordnung darf sie es eigentlich nicht. Nicht ohne dass der Penis in Latex gehüllt ist.

Noch eine halbe Stunde ›Königskinder‹, dann steigen Celine und der Ehemann in das Taxi. Ich warte nicht, bis die Oper aus ist. Ich fahre mit der U-Bahn. Die Japaner haben das Café verlassen. Es steht niemand an der Theke. Ich kaufe mir noch einen Kaffeebecher mit der Aufschrift »München – Stadt mit Herz«, bevor ich das Café verlasse.

22

Der Requisiteur überreicht mir eine Dose mit Platinkügelchen. Aus Aluminium, wie es sie für Pfefferminzpastillen gibt. Ich öffne die Dose. Die Kügelchen sind in Zellstoff gewickelt. Zweihundert Stück, sagt er. Der Maschinenschlosser habe extra eine Form anfertigen müssen und da sei es letztlich egal gewesen, wie viele Kügelchen er giesst. Ein Gramm Platin koste 41 Dollar. Verarbeitet seien etwa fünf Gramm. Zwei Nordic-Walking-Stöcke liegen auf der Werkbank. Zwei schwarze. Marco beobachtet mich, als ich nach der Zahl suche. Er hat sie so hingelegt, dass die 64 nicht zu sehen ist. Ich muss sie in die Hand nehmen. Auf dem ersten finde ich keine Zahl. Die ist auf dem zweiten. In Gold, nicht in Silber. Marco fragt, ob ich einen Espresso trinken will. Ich stimme zu. Er verschwindet im Gang, in dem sich die Küchenzeile befindet. Ich frage Marco, wie viel Milliliter Flüssigkeit ein Kügelchen fasst. Das kommt darauf an, welche Flüssigkeit. Ich nehme an, du füllst nicht gerade Rizin ein, sagt er. Ich müsse wissen, wie viel Kügelchen ich für eine tödliche Dosis brauche, damit es authentisch wirke, erwidere ich. Er könne das Wort authentisch nicht mehr hören, sagt Marco. Er kommt mit zwei Tassen Espresso zurück, stellt sie auf die Werkbank. Wir sitzen auf Schemeln. Er lebe davon, dass Filmleute sehr viel Wert darauf legen, die Wirklichkeit oder das, was sie dafür halten, eins zu eins abzubilden. Offensichtlich sei die Hälfte der Menschheit damit beschäftigt das Leben in Geschichten abzubilden. Die andere Hälfte der Menschheit konsumiere die

Geschichten, um einen Teil ihrer Lebenszeit aus ihrem Alltag zu entfliehen. Ist offensichtlich spannender als der eigene. Vor allem, wenn darin ganz nebenbei im Vorübergehen Menschen auf der Strasse Rizin injiziert bekommen. Und die Geschichtenerzähler? Die finden kaum noch Stoff für Geschichten auf der Strasse, weil alle schon aufgesammelt sind, von all den Geschichtenerzählern, die unterwegs sind. Und die, deren Leben Geschichten schreiben könnte, in deren Leben passiert nichts, weil sie ihre Zeit damit verbringen, Geschichten anzuschauen. Am Ende müssen dann die Geschichtenerzähler Geschichten über das Geschichtenerzählen machen und so weiter. Ich frage ihn, ob er noch einen Espresso hat. Marco verschwindet mit meiner leeren Tasse. Als er zurückkommt, sagt er, dass er beinahe vergessen hätte mir zu sagen, dass mein Besuch bei ihm aufgezeichnet wird. Mit der Webcam. Er zeigt auf den oberen Rand des Monitors seines Laptops, der auf der Werkbank steht. Der sieht aus, als wäre er nicht angeschaltet. Energiesparmodus, sagt Marco. Und: Till habe ihn gebeten, die Cam anzuschalten. Er wolle eine Reportage über Geisteswissenschaftler drehen, da würdest du wohl eine Rolle spielen. Du wüsstest Bescheid. Ich stelle mir vor, wie Till die Aufnahme verfolgt, wie er uns an der Werkbank sitzen sieht, Kaffee trinken, über den Preis von Platin redend und die Menge von Rizin, die die Kügelchen fassen können, und wie er Marcos Finger auf die Webcam zukommen sieht.

23

Auf dem Rückweg von Marco, dem Requisiteur, habe ich mir das Service namens Maria gekauft. Es ist bereits seit 1917 auf dem Markt. Neunzehnhundertsiebzehn ist eine schöne Zahl. Eine Zahl, die zwei Primzahlen enthält. Neunzehnhundertsiebzehn war die Welt noch in Ordnung, denke ich und weiss, dass es nicht stimmt. 1917 war das Jahr der Februar- und Oktoberrevolution in Russland, das Ende der Zarenherrschaft. 1917 war das Jahr, in dem die Vereinigten Staaten von Amerika in den 1. Weltkrieg eintraten, es war das Jahr der Kriege und Umwälzung und das Jahr, als das Geschirr Maria viele gedeckte Tafeln in bürgerlichen Haushalten zierte, in denen die Dienerschaft in weissen gestärkten Schürzen mit Spitzenborte Suppe aus der Terrine schöpfte und den am Tisch sitzenden Herrschaften servierte. Emilia hat das Geschirr Maria von ihrer Grossmutter geerbt, vermutlich hat die Familie es 1917 erworben. Wenn Emilia eine Scheibe Hefezopf von ihrem breiten Messer mit dem Daumen auf den Kuchenteller des Geschirrs Maria schiebt, dann ist das eine Geste von grosser Anmut, wenngleich Emilia auf diese Geste nicht achtet, sondern erzählt und beiläufig mit ihrem Finger, an dem Krümel vom Hefezopf kleben, eine rote Locke aus dem Gesicht streift. Wenn Emilia das Geschirr berührt, dann ist es, als stamme sie selbst aus dieser Zeit: eine ältere Dame, alleinstehend, impulsiv, weitgereist und unerschrocken. Emilia lässt, wenn sie das Geschirr Maria durch ihre Hände gleiten lässt, die 1920er Jahre aufleben. Ich kaufe mir mit dem Geschirr

Maria etwas von Emilia, den Primzahlen und von 1917.

Die Verkäuferin in der Porzellanabteilung im Kaufhaus hatte nicht gleich verstanden und wollte mir mehrere Service zur Auswahl anbieten. Hier haben wir noch ein schönes. Was ganz Modernes. Von Vill und Rose. Und das hier ist ganz fein. Es wird gern gekauft, weil das Porzellan so dünn ist, fast schon durchsichtig. Hier schauen Sie mal. Sie hob einen Teller gegen das Licht. Das ist von Luci und Luci, sagte sie. Ich bedankte mich und sagte, dass ich gekommen sei, um das Service Maria zu kaufen. Und zwar im Sonderangebot, so wie es die Porzellanmanufaktur Rosengarten gerade offeriere. Im Gesicht der Verkäuferin erlosch die Begeisterung. Sie wickelte die Tasse und die beiden Teller vom Geschirr Maria, die sie ausgepackt hatte, um sie mir zu zeigen, in das Seidenpapier und steckte sie zurück in den Karton zu den anderen. Dann führte sie mich zur Kasse. Sie war von magerer Statur. Die Haut braungebrannt, ledrig. Die Haare weissblond, und um ihre Lippen spielte Spöttisches. Ich fragte sie, ob sie mir ein Taxi bestellen könne. Ja, gern, sagte sie.

Der Taxifahrer schleppt den Karton mit ›Maria‹ zur Haustür. Ich öffne sie ihm. Während er die Kiste in den Hausflur schiebt, schaue ich die Strasse hinunter. Es schneit. Schwere Flocken. Auf der Strasse liegt eine dicke Matschschicht, die patschende Geräusche erzeugt, wenn ein Auto darüberfährt. Der Taxifahrer zieht den Kopf unter den Flocken ein. Der Schnee schmilzt auf seiner Stirn, rinnt als Wasser über sein Gesicht. Er schaut mich an. Alles an ihm ist rund, seine Augen, seine Wangen, seine Lippen. Ich möchte über sein

Gesicht streichen. Ich sage danke und gebe ihm fünf Euro. Er sagt, schöne Weihnachtsfeiertage. Ich sage, er solle wiederkommen. Im neuen Jahr, zum Frühstück mit frischen Semmeln. Dann könne er das Service, das er gerade hereingeschleppt hat, sehen. Er streicht über meinen rechten Oberarm und sagt ja, er komme gern, wenn er Zeit habe. Aus der Reihe der parkenden Autos fahren welche fort, andere blinken, um in die Lücken zu scheren. Die Schneeflocken werden dichter. Ich packe zuerst das Stövchen aus und die Kanne und eine Tasse. Ich stelle sie auf den Esstisch. Ich lege auf einen Kuchenteller Anisplätzchen und Plätzchen, die Orangenstangen heissen. Ich schenke mir jedes Jahr etwas zu Weihnachten. Im letzten Jahr den goldenen Ring mit einem roten Rubin. Ich stelle auf den Esstisch neben das Geschirr Maria die Aluminiumschachtel mit dem Etikett für Pfefferminzpastillen und den Platinkügelchen darin. Auf dem Tisch steht in einer Vase eine langstielige rote Rose, die schiebe ich dazu. Und ich hole die Holzschachtel mit der Mattglasscheibe, in die das graue Steinchen eingelassen ist. Ich bereite mir einen Yogitee. Besonders stark. Giesse ihn in die Kanne des Geschirrs Maria und trinke ihn mit heisser Milch und Honig. Es ist schön, so zu sitzen und all die Dinge, die auf dem Tisch stehen, anzuschauen. Ich lebe in einem Roman und das fühlt sich gut an. Als ich die Nummer von Till wähle, höre ich einen Schlüssel im Schloss der Haustür. Der Mann kommt nach Hause. Till meldet sich am Telefon. Ich sage: Hallo Till und frage ihn, warum er mich über eine Webcam filme, ohne es mit mir abzusprechen. Der Mann sagt Hallo, während ich telefoniere. Er trägt noch seinen grauen Anzug und sein schwarzes Hemd. Beide sind zerknittert. Er wirkt müde.

Übernächtigt. Seine Gesichtshaut ist grau. Er muss von Celine gleich in die Klinik gefahren sein. Till sagt am Telefon: Ah, dann hat der Requisiteur also doch nicht seine Klappe halten können. Das dachte ich mir schon. Ich zeige auf die Teekanne und den Karton mit dem Geschirr. Ich deute dem Mann, dass er sich eine Tasse und einen Tee nehmen und sich zu mir setzen könne. Der Mann geht in die Küche. Till fragt, ob ich noch am Telefon sei. Ja, sage ich. Stört dich das?, fragt Till. Ich weiss nicht, ob mich das stört, weil ich es ja jetzt weiss, sage ich. Wann hast du wieder Zeit?, fragt Till und: Dein Mann ist da? Ich sage: Ja. Er sitzt mir gegenüber. Wir trinken Tee. Ich bin am zweiten Januar im Studio, allein, sagt Till und legt auf. Ich habe noch das heisere Röcheln von Till im Ohr und von seiner angekratzten tiefen Stimme, als er schon längst aus der Leitung ist. So klingt Till auch, wenn wir uns ausziehen und er mir näherkommt. Sein Körper ist dann so heiss, dass er strahlt wie ein Eisenofen. Der Mann sitzt mir gegenüber und spielt mit der Aluminiumschachtel. Er hat lange schmale Finger mit wohlgeformten Fingerknöcheln und Spuren, wie sie Menschen haben, die einem Handwerk nachgehen, Holz bearbeiten oder Wände streichen. Seine Finger sind braungebrannt. Er trägt einen Siegelring mit einem königsblauen Stein. Ich stelle mir vor, wie er das Skalpell hält. Das habe ich mir noch nie vorgestellt. Er trägt dann Handschuhe. Die feinen Konturen seiner Finger sind nicht zu sehen. Ich habe die Hände des Mannes noch nie auf meiner Haut gespürt, obwohl er mich seit dreiundzwanzig Jahren berührt. Ich kann mich dennoch nicht erinnern, wie es sich anfühlt. Nur an seinen Geruch mit dem Hauch von Vanille. Er dreht die Aluminiumschachtel in seiner linken Hand und sagt, dass er zu Weihnachten noch da sei. Wenn die Jungs wieder abreisen, gehe er auch. Ich weiss nicht, was er meint. Ich frage nicht nach.

24

Eine Stunde nach den Jungs verlässt der Ehemann das Haus. Es ist Silvester. Kurz nach zwölf. Wir haben zusammen gefrühstückt. Dann sind die Jungs aufgestanden, in ihre Zimmer gegangen, um sich Musik und Filme auf ihre Smartphones zu laden und ihre Taschen zu packen. Ich habe ihnen übriggebliebene Speisen in der Küche in Plastikschachteln verpackt, Plätzchen und Schokolade in eine Dose geschichtet und zum Auto getragen. Der Mann und ich standen nebeneinander auf dem Gehsteig und haben den Jungs nachgewinkt, als sie losfuhren. Es muss ausgesehen haben, als wären wir ein Paar. Der Mann neben mir hat, als die Jungen über die Kreuzung nach rechts in die Hauptstrasse einbogen und unseren Blicken entschwanden, ein Mhm von sich gegeben, die Lippen zusammengepresst, sodass sie nur zwei schmale Striche waren. Er sah noch blasser aus als sonst und noch magerer. Er stierte auf den Schnee auf dem Gehsteig, der mit Streukörnern durchsetzt war, wandte sich dann in Richtung Haustür und verschwand im Keller. Vereinzelt explodierten Silvesterraketen pfeifend in der Luft und einige Knaller waren zu hören. Eine Wolke zog durch die Strasse und hinterliess Schwefelgeruch. Im Keller hantierte der Mann mit Umzugskartons. Die trug er wenig später zum Auto. Ich stand in der Diele mit eingezogenen Schultern und hoffte, dass er etwas zu mir sagt, dass er den Arm auf meine Schulter legt und irgendetwas Tröstendes sagt, am letzten Tag im Jahr. Das Gesicht des Mannes war stattdessen inzwischen versteinert. Er lief an mir vorbei ohne mich zu sehen, obwohl er mich sah. Dann trug er die letzte Umzugskiste aus dem Haus, stieg in sein Auto und fuhr ohne einen Blick für mich und einen Gruss davon. Die Haustür hatte er offen gelassen. In die offene Tür bin ich getreten und habe ihm hinterher gesehen, bis er über die Kreuzung in die Hauptstrasse einbog wie vorher die beiden Jungs. Jetzt bin ich mit meinem azurblauen Twingo und dem Service Maria von 1917 allein, habe ich gedacht und geschmunzelt. Das Schmunzeln blieb nicht lange in meinem Gesicht, verzog sich stattdessen zu einer Grimasse, und Tränen liefen und ich hörte mich schluchzen. Das fühlte sich alles heiss an und irgendwie so, als taute ich innerlich auf. Es ist Winter, Silvester, und am Neujahrstag sollten es Minus 20 Grad werden. Keine Jahreszeit, um aufzutauen. Ich habe mich noch einmal an den Esstisch gesetzt. Er war immer noch gedeckt. Ich habe mir den Rest Kaffee eingeschenkt und eine Orange geschält. Während ich sie esse, ruft Emilia an. Sie sei wieder aus dem Krankenhaus zurück. Ich wusste nicht, dass sie im Krankenhaus war. Sie sagt: Nein, das hast du nicht wissen können. Ich bin gestürzt. Von der Galerie. Die Lampe, ich wollte den Staub endlich mal herunter haben. Ich wollte nicht, dass meine Putzfrau stürzt. Es war schlimm. Aus dem ersten Stock bis runter in die Diele auf die Fliesen. Ich hätte tot sein können. Der linke Arm war zertrümmert. Drei Operationen, stell dir vor. Es waren nicht die letzten. Emilia zählt auf, was alles im Haus liegen bleibt. Die Bücher, die sie vom Speicher in die Bücherregale in der neuen Bibliothek im ersten Stock einsortieren wollte, die Treppe, die sie mit einer Holzlasur einlassen wollte, und die Küche sehe aus. Aber deshalb rufe sie gar nicht an, das wolle sie mir nicht erzählen. Sie sei bei meinem Ehemann gewesen. Sie sagt, ich wisse schon, wegen ihrer Herzoperation zur Nachsorge, das habe sie, wenn sie ohnehin schon in der Klinik war, gleich mitmachen lassen. Er sehe nicht gut aus. Er arbeite wohl zu viel, sagt sie. Ich sage, dass er eben gegangen sei. Ausgezogen. Emilia fragt, warum und was denn passiert sei. Ich sage, dass sie ihn fragen müsse. Er sei gegangen. Ach so, sagt Emilia. Sie will wissen, was meine Recherche macht. Ich komme gut voran, sage ich, und dass das mit dem Rizin geklappt habe, in Zürich hätte ich welches bekommen, und dass ich nun alles habe, um einen Stock zu präparieren. Ich erkläre ihr, dass ich mich für einen Nordic-Walking-Stock entschieden hätte, statt des Regenschirms. Emilia kichert. Du bist sehr akkurat in deiner Recherche. Wahrscheinlich würde dir niemand tatsächlich Rizin verkaufen oder einen Stock präparieren, aber für deine Zwecke genügt es ja, dass die Leute dir sagen, sie würden es tun, es wäre kein Problem. Da bekommst du ein Gespür für die Praxis. Die ist immer anders als die Theorie. Ich stimme ihr zu. Sie wolle weiter informiert werden. Ich verspreche ihr das.

25

Kurz vor zehn Uhr am Morgen. Es ist Montag, 2. Januar. Die Äste der Bäume, die Luft, das Holz der Gartenzäune, alles ist froststarr. Die Feuchtigkeit in meinem Atem gefriert, das Krächzen der Krähen schneidet durch froststarre Luft. Frischer Schnee liegt über dem schmutzigen, zwei Wochen alten Eis der Gehwege im Tierpark. Am Eingang ist ein grosses Schild aufgestellt. »Geöffnet« steht da drauf.

Gestern hätte ich zu Till gehen sollen. In sein Studio. Ich bin zu Hause geblieben. Sass am Kamin im Esszimmer. Im Pyjama. Ich füllte Rizin in die Platinkügelchen. Ich schüttete das Rizin aus einem der Fläschchen in eine Müslischale. Dazu gab ich Platinkügelchen. Etwa fünfzig. Ich wartete eine Weile, bis sich die Kügelchen mit Rizin füllten. Ich beobachtete die Flüssigkeit. Denn wenn die Kügelchen tatsächlich hohl waren, dann müssten winzige Luftbläschen aufsteigen. Ich schaute durch eine Lupe und konnte welche erkennen. Mit einer Pinzette holte ich ein Platinkügelchen nach dem anderen heraus. Mit einer Pipette träufelte ich Zuckerwasser auf die Öffnung in den Kügelchen und legte sie in einen Wattebausch zum Trocknen. Nach fünf Kügelchen pausierte ich, sah ins Feuer im Kamin und verfolgte meinen Atem. Ich hörte bei der Arbeit Musik von Gabrielle Roth and the Mirrors. Gleichmässige Rhythmen. Sie nehmen den Herzschlag auf. Durchdringen das Blut, das Gehirn. Gleiten durch die neuronalen Netze. Bestimmen das Denken. Das Fühlen. Unerbittlich. Ich liess die CD immer wieder durchlaufen. Fünf Mal. Dann war ich fertig. Füllte das restliche Rizin wieder in das Fläschchen, spülte die Müslischale aus, lies viel Wasser hinterherlaufen, damit das Gift im Wasserkreislauf verdünnt wird. Ich selbst trug Gummihandschuhe bei der Arbeit.

Hinter den Scheiben des Kassenhäuschens, dessen Luke geschlossen ist, sitzt eine Frau. Ich kann sie durch die mit Tierbildern zugeklebten Scheiben sehen, weil sie sich bewegt. Sie telefoniert. Sie schiebt, während sie weitertelefoniert, die Luke auf, um mir die Eintrittskarte und Wechselgeld zu geben. Sie schaut kurz auf, mir in die Augen. Ihre sind dunkelbraun, dann ist sie wieder bei der Stimme am Telefon, lacht schrill und glucksend in den Hörer. Die Frau ist sehr dick, sodass ich ihren Hals nicht sehen kann. Flamingos stehen im Wasser. Ihr Gefieder leuchtet lachsfarben und sie schnattern, als lähme sie kein Frost. Seit zwei Wochen schon sind die Bäume, die Wege in Schnee und Eis erstarrt. Flaumiger weicher neuer Schnee liegt darüber. Ich will zu den Schlangen. Die Schlangen sind im Aquarium. Das Aquarium ist gleich neben dem Affenhaus. Das Affenhaus ist gesperrt wegen Bauarbeiten. Vor dem Haus, welches das Aquarium sein soll, stehen Affenplastiken, und im Haus turnen Affen herum. Auf der Tafel vor der Glasscheibe befinden sich die Abbildungen eines menschlichen Gehirns und das eines Schimpansen. Ich bin verwirrt, weil ich die Schlangen nicht finden kann. Die sind ein Stockwerk tiefer, sagt ein Mann.

Baumpython, Gabunviper, Lanzenotter, Speikobra, Klapperschlange, mexikanische Mokassinotter. Die

Schlangen sind in den Fels-, Dschungel- und Steppenlandschaften hinter den Fensterscheiben verborgen. Man muss lange hinschauen, um sie sehen zu können. Sie haben die Fähigkeit, sich unsichtbar zu machen. Sie bewegen sich nicht. Ihre Haut sieht aus wie das verwelkte Laub am Boden, wie das frische tropfnasse Grün der Schlingpflanzen, wie das Grau der Felsvorsprünge. Ihre Augen sind geöffnet. Völlig regungslos. Sie bemerken mich nicht. Ich gehe vor dem Fenster auf und ab, so dass mein Schatten auf sie fällt. Kein Zucken, nichts. Als wäre ich nicht da. Der Kopf der Kupferkopfschlange liegt auf einem Stein. Fast nicht von dem Ocker des Steins zu unterschieden. Als sie mich sieht, zieht sie den Kopf weg. Ich versuche es später noch einmal. Ihr Kopf liegt wieder auf der gleichen Stelle wie vorher. Sie zieht ihn nicht noch einmal weg. Die Gabunviper liegt im Laub. Ist gescheckt wie das Laub und dick. Eine kräftige Schlange. Ihre Augen sind geöffnet und starr. Wie die Augen eines toten Wesens. Sie hat hellblaue Wasseraugen. Wie der Mann. Ihr Gesicht ist blass. »Dies Erdenleben, womit soll ich's vergleichen? Wie wenn von Booten, früh hinausgerudert, keine Spur mehr zurückbleibt.« Das steht in Grossbuchstaben an der Wand im Schlangenraum. Der Name des Verfassers: Kakuzo Okura.

Ich erhalte eine SMS. Vom älteren Sohn. Er wünscht mir viel Gutes fürs neue Jahr. Ich simse zurück, dass er ein toller Junge ist und ich stolz auf ihn bin. Ich schicke die SMS auch an den Jüngeren. Ich denke an einen Film, den ich vor einiger Zeit gesehen hatte. Wie er heisst, ist mir entfallen. Nur an eine Szene kann ich mich erinnern: Eine neunzigjährige Frau hat sich mit folgenden Worten von ihren Söhnen am Sterbebett verabschiedet: Ihr seid tolle Jungs. Das Leben mit euch war schön.

Ich solle auf den Bruder aufpassen. Er sei zu gutmütig. Verausgabe sich für andere. Er sei wie sie, hatte meine Mutter zu mir gesagt, ein paar Tage bevor sie starb. Ich habe sie dann nicht mehr besucht, weil ich sie nicht sterben sehen wollte. Seitdem träume ich, dass sie im Sterben liegt.

Wenn ich sterbe, werde ich meinen Kindern sagen, was die Neunzigjährige im Film ihren Söhnen sagte.

Ich bin auf dem Eis gerutscht, als ich aus dem Dschungelhaus kam. Dem jungen Mann, der mit offenem schwarzem Wollmantel, darunter einen schwarzen Rollkragenpullover und eine schwarze Hose, mir trittsicher entgegenkam, zog es, als er auf meiner Höhe war, ebenfalls die Füsse weg. Er balancierte sein Missgeschick aus, was aussah, als tanze er auf dem Eis und wisse nur nicht, ob es ein Walzer wird, ein Tango oder Freestyle. Er fiel nicht hin. Ich bin auch nicht hingefallen. Vor dem Dschungelhaus schlendert eine Löwin am Rande des Wassergrabens hin und her. Ich komme näher. Ich erwarte, dass sie mich anschaut, dass sie kurz stehen bleibt. Nichts. Sie geht hin und her. Im Dschungelhaus steht eine Frau in Gummistiefeln mit T-Shirt bekleidet, den Rücken zu mir gedreht. Sie hält einen Wasserschlauch direkt in das Dickicht von Palmen und Schlingpflanzen. Sie dreht sich nicht um, als ich eintrete. Ein Löwe, der im Dschungelhaus auf einem Plateau liegt, sieht mich an. Er nimmt mich ins Visier. Ich spaziere an ihm vorbei. Ich verfolge aus den Augenwinkeln, ob er mir hinterher schaut. Er tut es nicht. Er starrt weiterhin auf die Stelle, an der ich stand. Irgendwo im Dschungelhaus schreit ein Tier. Ein qualvolles Schreien. Das Schreien kommt aus der Ecke, in der die groben Holzspäne liegen. Tiger liegen darin. Ihr Fell ist dicht. Ein Tiger schleckt einer kleineren Tigerin das Fell ab, die rekelt sich. Das Brüllen kam nicht von den Tigern. Woher es kam, kann ich nicht erkennen. Ich bin wieder draussen, die frostige Luft dämpft die Geräusche. Ich mag das und wünsche mir diesen Moment auszudehnen, bis ich genug davon habe. Afrikanische Wildhunde laufen am Zaun entlang im Schnee. Die folgen mir. Folgen sie mir wirklich oder laufen sie nicht schon seit Stunden immer bis zur gleichen Stelle, kehren um, laufen zurück, kehren um. Nein. Sie folgen mir. Bis zum Ende des Gatters. Auf einem Hügel recken sich sibirische Tiger dem grauen Morgen entgegen. Ich hätte gern einen Kaffee. Es gibt keinen im Zoo. Alle Kioske sind geschlossen.

26

Am nächsten Tag ist der Termin mit dem Bürgermeister. Ich hätte ihn vergessen, wenn die Goldmann mich nicht angerufen hätte, weil sie wissen wollte, ob alles geklappt habe. Ich bin mit dem Bürgermeister für elf Uhr verabredet. Till und sein Team sind dabei. Walther Simon heisst der Bürgermeister. Ein massiger Mann um die sechzig, der mir bei der Begrüssung fest die Hand drückt und in die Augen schaut. Sein Gesicht ist gross mit vielen Falten drin. Ein Mann, der immer noch massig wirkt, obwohl er abgemagert ist. Seine Haut hängt schlaff an ihm herunter, wie bei Elefanten, die monatelang durch südafrikanische Landschaften gezogen sind und weder Wasser noch Nahrung gefunden haben. Unter den Falten in seinem Gesicht sind viele Lachfalten. Auf seiner Stirn glänzen Schweissperlen. Er holt ein Stofftaschentuch aus der Hosentasche und wischt sich damit über die Stirn. Ein weisser Transporter, auf dem der Name und das Logo von Tills Produktionsfirma stehen, fährt auf das Gelände des Abfallbeseitigungsunternehmens. Das sehe wichtig aus, meint der Bürgermeister und zeigt auf das Auto. So bekannt sei er doch gar nicht, und auch das Unternehmen sei nichts Besonderes. Seit siebzehn Jahren erzähle er immer das Gleiche. Die Biokompostanlage sei neu. Das sei alles. Ich sage ihm nicht, dass die wegen mir da sind. Till geht strahlend auf den Bürgermeister zu, als kenne er ihn schon lange. Er sagt dem Bürgermeister, dass er das Interview filmen wolle. Nicht für eine Nachrichtensendung, sondern für eine Art Dokumentation über

Geisteswissenschaftler, und was die so alles treiben. Er lacht und zwinkert dem Bürgermeister zu. Dann gehen wir mal, sagt der Bürgermeister. Er lacht nicht, sondern sucht kurz meinen Blick. Wir stehen vor einem hallengrossen grünen Container. Das ist sie, sagt der Bürgermeister und zeigt mit dem Arm in Richtung der Anlage. Es gebe nicht viel zu sehen, wie sie funktioniere, könne ich auf der Website lesen. Er habe bereits alles gesagt und das nicht nur ein Mal. Die für die Menschen wichtigen Dinge müssen in kommunaler Hand bleiben, dazu gehöre auch die Abfallbeseitigung. Wichtiger sei noch die Wasserversorgung, die medizinische Versorgung, die Energieversorgung. Die Kommunen müssten in den Bereichen autark bleiben, egal, ob die in Brüssel das anders sehen. Die Verteilungskämpfe würden kommen. Und dann seien die Kommunen fein heraus, die ihren Bürgern die Basisversorgung zu guten Preisen anbieten können. Das solle ich dann halt eben nochmal schreiben. Das sei auch schon egal. Er wischt sich mit seinem Taschentuch den Schweiss aus dem Nacken. Ich stimme ihm zu. Ich weiss nicht, ob der Bürgermeister das hört. Wir gehen zu einer Halle, hinter der Halle liegt zu einem Hügel aufgetürmt ausgebaggerte Erde. Die ist tiefgefroren. Ich weiss nicht, was ich den Bürgermeister fragen soll. Den Bürgermeister scheint das nicht zu stören. Er weiss vermutlich, was ich fragen will, und erzählt weiter. Da komme die neue Biokompostanlage, mit der auch Strom erzeugt werden könne, hin. Ein Kameramann hält die Kamera auf den Bürgermeister, dann wieder auf mich, dann auf die Biokompostanlage und auf den gefrorenen Erdhügel. Till steht breitbeinig mit verschränkten Armen neben mir und hört dem Bürgermeister aufmerksam zu. Der

Bürgermeister wischt sich erneut über die Stirn. Es ist kalt. Nebelschwaden ziehen über das Feld auf den Hof des Abfallverwertungsunternehmens. Das Thermometer am Eingang hatte minus acht Grad angezeigt. Der Bürgermeister ist bei den Zahlen angelangt. Ich habe ihn nicht danach gefragt. Aus vierzehntausend Tonnen Grüngut im Jahr wird Biogas. Zweimillionenfünfhunderttausend Kilowattstunden Energie. Ich überlege, wie ich daraus ein Interview für die Festschrift machen kann. Der Bürgermeister schlägt vor, in die Kantine zu gehen und zu frühstücken. Er reicht Till die Hand und sagt, dass Till und der Kameramann ihn nicht begleiten können. Er sagt nicht warum und keiner fragt. Ein andermal gern, sagt der Bürgermeister.

Till filmt, wie wir auf den Flachbau zugehen, in dem sich die Kantine befindet. Vor uns fliegt eine Krähe auf. Der Bürgermeister sagt, dass er Krähen mag. Bei ihm im Garten wohne ein Kolkrabe, dem habe er sprechen beigebracht. Ich frage ihn, was er denn sagt. Simon, du bist ein Arschloch, antwortet der Bürgermeister und zwinkert mir zu.

27

Von jetzt an habe ich den Stock immer dabei. Von jetzt an fahre ich als Verfolgerin mit der U-Bahn und spaziere durch die Stadt als solche. Der Stock ist mit der Zahl 64 gekennzeichnet, weil ich Jahrgang 64 bin. 1964er Jahrgang muss man sagen, weil wir bereits in einem anderen Jahrtausend leben. Im Jahr 2010. Wir 1964er sind viele. Till ist auch dabei. 1,4 Millionen Menschen sind 1964 geboren. So viele wie in keinem Jahrgang mehr in diesem Land. Ich schaue mich unter den Passagieren in der U-Bahn um. Ich entdecke die steinerne Frau. Ich nenne sie ›die steinerne Frau‹, weil diese Bezeichnung zu ihrer Erscheinung passt. Ein paar Sitzplätze von mir entfernt sitzt sie. Sie fällt auf unter all den Fahrgästen, weil sie gerade und unbeweglich dasitzt. Weil sie nicht ihre Augen und nichts in ihrem Gesicht bewegt. Ihre Haut glänzt. Wie Wachs. Das überzieht ihr asketisches Gesicht. Sie trägt einen Mantel. Ich würde ihn als fein säuberlich bezeichnen. Sie sitzt aufrecht da. Gerader Rücken. Sie gibt ein symmetrisches Bild ab: Ihre beiden Arme sind angewinkelt und ihre Hände umfassen die Griffe ihrer Handtasche, die genau in der Mitte ihres Schosses steht. Von ihren Lippen gehen rechts und links schmale Falten nach unten zum Kinn. Ich habe den Stock und meine Kamera dabei. Ich halte sie in der Hand. In Hüfthöhe. Ich drücke auf den Auslöser, sodass es keiner bemerkt. Vielleicht habe ich ihr Gesicht, den leeren Ausdruck, festgehalten. Ich fotografiere nicht, um Emilia zu zeigen, dass es solche Menschen gibt. Ich fotografiere, weil ich alles, was ich denke und tue, vom ersten Tag an dokumentiere. Die Gesichter von Menschen, die ich verfolge, gehören dazu. Die steinerne Frau steigt an der Haltestelle Odeonsplatz aus. Ich verfolge sie. Die Kamera stecke ich in meine Umhängetasche. Auf dem Bahnsteig spielt leise Musik. Vivaldi. Die Klänge rieseln wie warmer Nieselregen die Wände herunter. Das beruhigt. Sie nimmt den Ausgang Hofgarten, fährt dem Tageslicht auf der Rolltreppe entgegen. Ich verfolge sie, indem ich die Treppe neben der Rolltreppe nehme, immer zwei Stufen auf einmal. Ich spüre, wie kaltes Schweisswasser von der Brust über meinen Bauch rinnt, wie das Hemd festklebt, wie mein Gesicht nass ist. Ich versuche ruhig zu atmen. Aus dem Treppenschacht weht ein Luftzug über mein Gesicht. Die steinerne Frau fährt die nächste Treppe hoch. Wie eine Puppe steht sie, die auf einem Fliessband transportiert wird. Nur nicht ihr Gesicht sehen. Vielleicht ist jetzt darin etwas zu lesen, vielleicht ein Lächeln oder sie schliesst leicht die Augen, weil ihr auch ein Luftzug übers Gesicht weht. Sie dreht sich herum, als fühlte sie sich beobachtet, als ahnte sie, dass ich da bin, dass ich versuche sie zu lesen, auf meine Art. Ihr Gesicht ist leer. Ich folge ihr. Sie marschiert durch das steinerne Tor in den Hofgarten. Ich komme ihr näher. Die Luft ist frostig. Krähen fliegen auf. Ihr Krächzen schwebt über uns. Ich nehme ihre Bewegungen auf, wie sie läuft. Geraden Schrittes. Ich nehme ihre gerade Haltung auf, spüre, wie sie sich in mir ausbreitet, bis ich mich ebenso halte. Ich bin dicht bei ihr. Wir laufen am Schachbrett vorbei, an einem Mann, der Schachfiguren aufstellt. Ich überhole sie. Alles geht automatisch, als folge ich einer Regieanweisung: Ich stosse beim Überholen mit ihr zusammen, ihr Mantel raschelt, als der Stock sie berührt. Die

Stockspitze dringt durch ihre Hose. So meine ich es zu spüren. Sie bleibt stehen, schaut an sich herunter, rückt ihren Mantel zurecht. Dann läuft sie weiter, wie vorher, mit gerader aufrechter Haltung. Ihr Gesicht unverändert, als spüre sie keine Kälte, sehe nicht den weissen Frost, der die Äste der Sträucher überzieht, höre nicht das Krächzen der Krähen, was hohl klingt.

Ich warte bis die steinerne Frau den Hofgarten verlassen hat und laufe über eine Seitenstrasse in die Ludwigstrasse. Ein Mann geht hinter mir. Er fällt mir auf. Ich frage mich warum. An ihm ist nichts Auffälliges. Er trägt einen dunkelblauen Kurzmantel, Jeans. Er fällt mir auf, weil er nicht erst jetzt an meiner Seite ist. Er war im U-Bahnwagon. Ich habe nicht bemerkt, dass er ebenfalls am Odeonsplatz ausstieg. Er verfolgt mich. Wie lange schon? Ist er ebenfalls durch den Hofgarten gegangen oder über die Ludwigstrasse? Ich denke nicht darüber nach. Auch nicht über die steinerne Frau. Ich stehe vor dem Schaufenster eines Küchenstudios in der Ludwigstrasse. Der Mann ist weitergegangen in Richtung Fussgängerunterführung. Vielleicht steht er auf der anderen Strassenseite. Ich drehe mich nicht um. Im Schaufenster stehen Tiere. Pelikane und Krokodile. Sie sind bunt. Bestehen aus winzigen Perlen, die auf einen Draht gefädelt sind. Ich habe auch so etwas. Ein Herz aus Draht, auf den winzige rote Perlen gefädelt sind. Es ist von Lisa. Sie hat es aus Kapstadt mitgebracht. Strassenkinder würden es herstellen, um sich ein paar Rand zu verdienen. Das Herz hängt an meinem Schlüsselbund. Es passt zur Ehefrau eines Kardiologen, hat Lisa gesagt, als sie es mir überreichte. Ich drehe mich um, um fortzugehen. An den Mann, der mich verfolgt hat, habe ich in dem Moment nicht mehr gedacht. Der steht auf der anderen Strassenseite. Die Pelikane und Krokodile aus Draht im Schaufenster des Küchenmagazins kosten vierundsechzig Euro. Ich weiss nicht, wie viel Rand das wären.

28

Keep talking, ich drehe die Musikanlage des Ehemannes auf. Bis zum Anschlag. Die Musik dröhnt die Gedanken weg, reinigt, wie heisses Wasser Fett auflöst. Ich lasse Wasser in die Badewanne, setze mich hinein. Schaue zu wie das Wasser ansteigt, wie meine Haut im Wasser rot wird. Ich gehe mit der Fernbedienung zurück auf Start und lasse immer wieder Keep talking laufen. Und immer wieder heisses Wasser in die Badewanne. Bis alle Gedanken aufgelöst sind.

Nach dem Bad öffne ich die Post. Der Anwalt des Ehemannes teilt mir mit, dass sich der Ehemann von mir scheiden lassen möchte. Ich solle davon Abstand nehmen, mit ihm Kontakt aufzunehmen. Er als Anwalt vertrete Georg Gustav Haupt. Ich habe den Ehemann Geo genannt. Ich kenne niemanden, der Georg Gustav Haupt heisst. Ich stecke den Brief in die blaue Tonne für den Papiermüll. Dann balsamiere ich meine Haut mit Rosenöl ein, streife mir Strümpfe mit Spitzenborte über die Beine, schlüpfe in ein fliederfarbenes Wollkleid, darüber eine braune Lederjacke, schlinge um meinen Hals ein Silberfuchsfellimitat, schlüpfe in braune Stiefel und fahre mit dem azurblauen Twingo in die Bar Centrale in der Brienner Strasse, die sich schräg gegenüber dem Volkstheater befindet. Celine, das Geschenk für den Ehemann, wartet dort auf mich. Ich komme eine viertelstunde später als vereinbart zum Treffen. Celine sitzt an einem der Tische am Fenster. Ihr Haar reicht bis zu den Hüften. Sie trägt Jeans, Stiefel, die bis zu den

Knien reichen, und einen langen bunten Strickmantel. Sie hat sich ein Glas Rotwein bestellt. Sie tippt gerade auf der Tastatur ihres Handys, als ich komme. Wir umarmen uns wie alte Freundinnen. Ihre Fingernägel sind gepflegt, nicht lackiert. Meine ebenfalls nicht. Wie geht es dir, fragt sie. Eine vertrauensbildende Massnahme. So fragt der Anästhesist vor der Operation, bevor er das Bewusstsein ausschaltet. Ich sage ihr, dass wir uns eben begrüsst hätten wie Freundinnen. Celine sagt daraufhin, dass sie sich gern mit Frauen treffe. Wir müssen erst essen. Das sieht das Arrangement vor, das ich gebucht habe. Wir bestellen uns vegetarische Gerichte. Bruschetta, eine Suppe, Pasta mit Spargel und dunkle Schokolade mit Pfefferminze und Erdbeeren. Ich frage Celine, ob die Männer, mit denen sie sich trifft, nicht ihre Telefonnummer haben wollen, ob keine Liebesbeziehungen entstünden. Sie sagt ja, aber sie gebe ihre Telefonnummer nicht heraus. Das sei vertraglich festgelegt. Ich frage sie, ob sie sich daran halte und ob sie nicht das Bedürfnis habe, jemanden wieder zu sehen. Sie sagt, dass manche Männer Stammkunden seien. Der Kellner serviert die Suppe; Ingwer-Karotte. Celine sagt, es gebe sie, die Männer, die sie brauche. Männer, die wohl die meisten Frauen sich wünschen. Aber sie seien selten. Ein Prozent, schätze sie. Unter ihren Stammkunden befinde sich kein solcher. Ich schaue mir das Gesicht des Kellners an. Es ist wohlgenährt. Er ist jung. Er ist mit seinen Gedanken bei den zwei jungen Männern, die an der Bar sitzen. Zu denen stellt er sich, wenn er von den Tischen zurückkehrt. Wenn die Glocke in der Küche läutet oder neue Gäste sich an einem der Tische niederlassen oder jemand bezahlen will, eilt er davon. Ich denke, dass Menschen mit leeren Gesichtern selten sind. Etwas Besonderes. Ich frage Celine, warum sie dann den Job mache. Wegen dem Geld. Geld bedeute Freiheit. Sie kaufe sich, was sie zum Wohlfühlen benötige. Und vielleicht mache sie den Job auch, weil die Männer, mit denen sie sich trifft, ihr für einen Abend oder eine Nacht die Illusion geben, sie gehörten zu dem einen Prozent der Männer, die mit Frauen gut umgehen können. Der Kellner bringt die Pasta mit Spargel. Ich frage ihn, ob er einen Moment so stehen bleiben könne. Ich stehe auf und rücke seinen Kopf so zurecht, dass das Licht besser darauf fällt. Ein Schatten huscht darüber. Der kommt von einer winzigen Bewegung der Gesichtsmuskeln. So drücken sich die Empfindungen Unwillen und Ungeduld in seinem Gesicht aus. Beide sind zeitgleich über sein Gesicht gehuscht und eine jede hat andere Muskeln bewegt. Kaum sichtbar. Sie haben einen aussergewöhnlichen Ausdruck in ihrem Gesicht, sage ich. Ich sage es so, dass es bewundernd klingt. Wahrscheinlich hat sich sein Gesicht bei meinen Worten aufgehellt. Ich schaue nicht hin. Sein Gesicht interessiert mich nicht mehr. Es ist nicht leer. Celine macht mich darauf aufmerksam, dass wir wegen mir hier sind. Sie fragt wieder, wie es mir gehe, als wolle sie an den Ausgangspunkt anknüpfen, als seien wir vom Drehbuch abgekommen. Ich würde müde und traurig aussehen, sagt sie. Sie beugt sich vor und streicht mir über den rechten Unterarm. Celine hat braune Augen mit orangen Flecken darin. Ich habe Celine dafür bezahlt, dass sie mir sagt, dass ich eine ungewöhnliche Augenfarbe habe. Olivgrünbraungrau, schwarz umrandet. Ich drehe Pasta auf meine Gabel, spiesse ein Spargelstück auf. Mein Handy klingelt. Till. Ich nehme den Anruf nicht an, schalte das Handy aus. Celine habe ich für vier Stunden gebucht. Zwei Stunden Dinner und zwei Stunden im Hotel. Ich bestelle uns ein Taxi. Wir reden nicht auf dem Weg zum Hotel. Wir berühren uns nicht. Jede schaut vor sich hin. Im Hotelzimmer schenkt mir Celine ein Glas Sekt ein. Vielleicht ist es auch Champagner. Wir trinken einen Schluck, sie küsst mich auf die Lippen, wir trinken einen weiteren Schluck. Sie sagt, ich solle mich ausziehen und aufs Bett legen. Sie lässt Champagner über meine Brust laufen und trinkt davon. Sie fragt, was ich wolle. Ich sage, dass sie mich da berühren soll, wo es ihr am meisten Spass mache. Sie sagt, dass dies unterschiedlich sei. Ich stimme ihr zu. Sie sagt, ich solle mir die Schamhaare mit Wachs entfernen lassen, das mache mehr Lust. Sie nimmt meine Hände und führt sie. Gegen zwei verlassen wir das Hotel, stehen auf der Strasse, sehen uns kurz in die Augen und gehen auseinander. Mit einer Frau zu schlafen ist kein Sex. Es ist schön.

29

Ich habe mir heute freigenommen. Mir geht es nicht gut. Als ich erwachte, spürte ich Mattigkeit in mir. Ich musste niemanden anrufen, um zu sagen, dass ich heute nicht komme. Für einen kurzen Moment habe ich gelacht, als ich mir vorstellte, durch alle U-Bahnhöfe ertöne die Ansage: Sehr geehrte Fahrgäste, wegen Unwohlseins weilt heute die Verfolgerin nicht unter Ihnen. Wir bitten, das zu entschuldigen und wünschen Ihnen eine gute Fahrt. Dann weinte ich. Lange. Drei Stunden. Weinen ist wie ein Gewitter. Eine Spannung, die so gross ist, dass sie nicht zu halten ist, entweicht. Jetzt habe ich ein heisses Gesicht und Kopfschmerzen. Ich sitze an dem langen Esstisch, vor mir dampft schwarzer Kaffee aus einer Tasse vom Kaffeegeschirr Maria. Ich denke, dass ich in diesem Haus wohne, weiter meine Gedanken verfolge und meiner Arbeit als Verfolgerin nachgehe, bis ich meine, dass es genug ist. Wann es genug ist, entscheide ich intuitiv. Und wenn es vorbei ist, lebe ich weiter in diesem Haus, sitze an diesem Tisch, trinke Kaffee oder Wein, speise ein Mal im Jahr mit Lisa und Emilia und erledige gelegentlich Aufträge für die Goldmann. Mein Leben ist eingerichtet. Bis zum Schluss. Ich trinke eine Kanne Kaffee und schaue mir am Abend eine DVD an. Matchpoint, einen Woody Allen Film.

30

Ich eile zu Gleis fünf am Ostbahnhof. Die S-Bahn fährt acht nach zehn. Ich habe zehn Minuten Zeit. Ich will zum Flughafen. Ich will dort Menschen finden, die ich verfolgen kann. Ich gehe wieder meiner Arbeit nach, sozusagen. Dass es meine Arbeit ist, muss ich mir immer wieder sagen. Denn die meisten verstehen unter Arbeiten, dass sie etwas tun, um Geld zu verdienen. Meine Arbeit besteht darin, einem theoretischen Wunsch nachzugehen, Grenzen zu überschreiten und dies zu dokumentieren. Insofern bin ich eine Künstlerin. Extrembergsteiger sind auch Menschen, die Grenzen überschreiten und dies dokumentieren. Es ist kalt auf Bahnsteig fünf. Minus sechs Grad. Kein Schnee. Die Wolken haben Farbe und Konsistenz von geronnener Milch. Ich laufe den Bahnsteig auf und ab. Von einem Ende zum anderen. Damit ich warm bleibe. Die Füsse, die Hände. Der Kopf nicht. Das Gesicht auch nicht. Ich schaue mir die Gesichter der Wartenden an. Am Ende des Bahnsteigs steht eine Afrikanerin. Sie ist beleibt und in Tücher gewickelt. Sie trägt eine graue Wollstrumpfhose, Stiefel und Anorak mit Pelzkragen über den Tüchern. Über ihren Kopf hat sie die Kapuze gezogen. Die frostige Luft berührt ihr Gesicht. Das ist ihr unangenehm. Das kann ich sehen. Ein solcher Ausdruck liegt auf den Gesichtern von den meisten, die hier warten. Es ist, als beginne die Gesichtshaut zu gefrieren. Wie auf einem See das Wasser erst mit einer hauchdünnen Schicht zu gefrieren beginnt. Ein Pärchen steht nah am Kiosk. Sie versuchen sich vor der

Kälte zu schützen. Beide schätze ich Anfang sechzig. Sie sind schlank, klein und gepflegt. Er im Anzug mit wollenem Jacket. Sie im wollenen Blazer. Beide tragen Mokassins. Lackleder. Der Kiosk ist geschlossen. An der Treppe steht ein Mädchen und weint. Sie trägt eine rosa Daunenjacke und eine flauschige Mütze, ebenfalls rosa. Ihr Gesicht auch, vom Weinen. Sie spürt den Frost nicht. Neben ihr ein Mann. Der Vater? Er tröstet sie nicht. Er steht neben ihr und legt hin und wieder seine Hand auf ihre Schulter.

In der S-Bahn schaue ich mich um, wer in Frage käme. Das Mädchen weint noch. Nicht mehr so heftig. Der Mann, von dem ich dachte, dass er ihr Vater sein könnte, ist nicht bei ihr. Unter den Passagieren sitzt ein Mann, der im Profil wie die Alabaster-Büste eines griechischen Kriegers ausschaut. Er trägt eine Mütze, die geformt ist wie ein antiker Kriegerhelm. Sein Gesicht im Profil ist antik. Ebenmässig mit einem ausdrucksstarken Kinn, einer hohen Stirn. Ich beobachte ihn. Er schaut nicht zu mir. Ich nehme mir vor, ihn so lange zu beobachten, bis er es bemerkt. Er bemerkt es nicht. Er schaut aus dem Fenster. Seine Gedanken sind auf Reisen. Er mit ihnen.

Mir gegenüber sitzt ein Mann mit einer braunen Lederjacke. Die ist innen mit Lammfell gefüttert. Den schaue ich an. Erst vorsichtig. Als schaute ich zufällig. Er erwidert meinen Blick nicht, sieht mich nicht. Ich schaue länger hin. Nichts. Unsere Knie berühren sich fast. Der Mann hat schwarze Augen, einen dunklen Teint, ist kräftig gebaut. Anfang vierzig. Ich schaue ihm in die Augen. Er schaut an mir vorbei, scheint es nicht zu bemerken, sieht mich nicht an. Dann öffnet er seine

Jacke, sucht etwas in der Innentasche. Es könnte eine Pistole sein. An so etwas denkt man wegen dem verschlossenen Gesicht. Wir sind in Unterföhring. Der S-Bahnhof in Unterföhring ist unterirdisch. Der einzige, der unterirdisch auf der Strecke zum Flughafen ist. Er ist sauber und mit angenehm warmem Licht ausgeleuchtet. Wer den Bahnsteig betritt, verlässt die alltägliche Welt. Der betritt die Welt der Fernsehstudios, der gewünschten Welt, der Fiktionen. Es steigen viele junge Menschen aus, vor allem viele Frauen mit langen blonden Haaren. Der Mann mit der braunen Jacke auch. Ich überlege kurz, eile ihm hinterher. Ich bin aufgeregt. Es ist nicht einfach, mein Vorhaben umzusetzen, Gedanken zu einer Handlung werden zu lassen. Ich sage mir, dass ich vorerst nur verfolgen muss, dass ich die Tat nicht ausführen muss. Ich bin mein Auftraggeber. Ich kann ruhigbleiben. Es wird mein Leben nicht beeinträchtigen, wenn ich es nicht tue. Ich könnte einfach mit der nächsten S-Bahn weiter zum Flughafen fahren, mir Menschen anschauen, in ihren Gesichtern lesen und am späten Nachmittag hierher zurück in Tills Studio fahren. Dort findet am Nachmittag ein Dreh statt. Der Stock in meiner Hand fühlt sich besser an, wenn ich ihn rechts halte. Er ist zusammengeschoben. Das Rad um die Stockspitze habe ich entfernt. Ich verfolge den Mann mit der braunen Jacke die Rolltreppe hoch. Seine Hände stecken in den beiden Jackentaschen. Er läuft einen Weg entlang, den eine Hecke auf der einen und ein Maschendrahtzaun auf der anderen Seite säumen. Der Weg führt in die Studiostadt. Quadratische Häuserblocks ohne Fenster. Sendemasten ragen von den Dächern in den Himmel. Dazwischen die Logos der Fernsehsender: BR, Pro 7, Sky, ZDF-Studios, N24. Und der Slogan auf wehenden Fahnen: »We love entertain«. Ich kann im Gehen den Teleskopstab ausziehen. Das ist möglich, aber zu auffällig. Ich kann nicht gleichzeitig den Stock ausziehen und dem Mann mit der braunen Jacke näher kommen und ihn mit dem Stock berühren. Ich beschliesse, den Stock so zu lassen, wie er ist. Ich konzentriere mich auf den Mann, auf seinen Po. Menschen mit leeren Gesichtern spüren nicht, dass man sie verfolgt, dass man mit seiner gesamten Aufmerksamkeit bei ihnen ist. Sie sind tot oder stellen sich tot. Der Mann mit dem verschlossenen Gesicht geht durch die Studiosiedlung hindurch, auf eine Wohnsiedlung zu. Ich sehe sein Gesicht nicht. Wir laufen zwischen mannshohen Hecken einen Fussgängerweg entlang. Niemand ist bei uns. Ich ziehe mein Handy aus der Tasche, halte es ans Ohr, laufe schneller. Es soll so aussehen, als würde ich telefonieren. Das lenkt die Aufmerksamkeit von möglichen Beobachtern von meinem Stock fort. Ich höre mein Herz. Es schlägt in den Ohren. Nicht daran denken. Sich konzentrieren. Wie ein Krieger. Auf den Stoss. Unterhalb der braunen Lederjacke in den Po. Der Mann dreht sich herum. Ich schaue ihn mit meinem Handy am Ohr an. Erschrocken, so, als wäre ich wegen des Telefonierens unaufmerksam gewesen und selbst erschrocken, dass ich ihn mit der Stockspitze so heftig berührt habe. Ich sage, dass es mir leid tue. Ob ich ihm sehr wehgetan habe. Der Mann mit dem verschlossenen Gesicht winkt ab und läuft weiter. Ich bleibe mit dem Handy am Ohr stehen. Der Mann mit dem verschlossenen Gesicht hat seine Schultern gewölbt, wie Vögel Flügel etwas anheben, unentschlossen sie auszubreiten. Mein Handy klingelt. Ich schaue auf das Display: »Till« steht darauf. Er fragt, wo ich bin. Ich sage, dass ich gleich an der S-Bahnstation Unterföhring sein werde und dass ich mit der U-Bahn zum Flughafen fahre. Er fragt, wieso ich bei ihm in der Nähe sei, das Treffen im Studio sei doch erst um fünf am Nachmittag. Ich sage Recherche. Ach so, für was? Will er wissen. Er will in mich eindringen. In meine Gedanken. Ich entziehe mich, rufe hallo, hallo ins Telefon und dass ich jetzt auflegen muss, weil ich ihn nicht mehr hören könne. Keine Verbindung. Kein Empfang.

31

Die Bedienung bei Leysieffer im zentralen Areal am Flughafen, eine junge Frau mit blondem ausgefranstem Pony, Pferdeschwanz und einem abweisenden Ausdruck im blassen Gesicht, schaut die Menschen, die sie bedient, nicht an. Wenn sie aufschaut, dann nur, um zu sehen, wie viele Leute sich im Gastronomieareal befinden, um abzuschätzen wie viel Arbeit sie erwartet. Es sind nicht viele Menschen hier. Flugreisende. Wartende. Flughafenpersonal. Und ich. Ich sitze in einem der Ledersessel. Ich habe mir eine Tasse heisse Schokolade von der Kaffeebar geholt. Mich hat sie auch nicht angeschaut. »Are these seats taken?«, fragt mich eine Frau. Sie platziert ihre zwei Mädchen auf einen der Sessel und geht zur Kaffeebar. Ihr Mann packt seinen Laptop aus. Die Mädchen lassen ihn in Ruhe. Ich stelle mir die Bedienung mit dem ausgefransten Pony und dem abweisendem Gesicht zuhause mit einem Partner vor. Wird sie ihn auch nicht sehen? Jeder Mensch hat andere Gedanken. Wenn wir feststellen, dass Gedanken mit jemandem übereinstimmen, dann fühlt sich das an wie ein Fest. Durch einen Lautsprecher wird zum Gebet in die Christopherus Kapelle aufgerufen. Fünf vor zwölf beginnt es. Keiner erhebt sich. Keiner lässt erkennen, ob er den Aufruf wahrgenommen hat. Die englisch sprechende Frau wischt den beiden Mädchen an der Kleidung herum. Sie sollen vom Getränk nichts verschütten. Ihr Mann ist in das, was auf dem Display des Laptops erscheint, vertieft. Es sind Tabellen und Diagramme. Sein Haar glänzt blauschwarz. Vielleicht stammt die Familie aus Indien. Gelegentlich schaut sich die Frau um. Ich stehe auf, spaziere durch die Flughafenebenen, um jemanden zu finden, der für mich infrage kommt. Oben in der grossen Halle, die sich zwischen Terminal eins und zwei befindet, spricht ein Mann laut vor sich hin. Er sagt, dass die Halle riesengross sei. Er fragt mich, wo es zur S-Bahn gehe. Ehe ich antworten kann, sagt er: Ah, da drüben geht es hoch. Ich sage, dass die Rolltreppe hinunter zur S-Bahn führt. Er hört mir nicht mehr zu. In der Halle zwitschern die Vögel wie im Frühling. Minus fünf Grad sind es und trüb ist es. Ich schaue nach oben und kann die zwitschernden Vögel nicht sehen. Vermutlich schwirren sie im Stahlgerüst herum. Ich kann niemanden finden, der für mein Unternehmen in Frage kommt, auch nicht im First-Class-Lounge-Bereich der Lufthansa. Ein Fernsehteam verfolgt mich. So kommt es mir vor. Sie schlendern hinter mir her. Vom zentralen Flughafenbereich durch die Halle zu Terminal eins, dann zu Terminal zwei. Vor der Business-Lounge bauen sie ihre Geräte auf. Sie haben einen geeigneten Standort gesucht mit dem geeigneten Licht, dem geeigneten Hintergrund. Für was oder wen? Ich kann es nicht erkennen.

32

Till beachtet mich nicht. Er tut dies auf eine Weise, dass jeder im Studio spürt, dass dieses Nicht-Beachten mir gilt und bedeutungsvoll ist. Jeder im Studio, das sind ausser mir noch zwei Geisteswissenschaftler, zwei Kameraleute, ein Techniker und eine Redakteurin. Die Redakteurin erklärt uns, was wir tun sollen: Vor die beleuchtete Wand stellen und uns vorstellen. Stellen und vorstellen. Sie erklärt, was sie damit meint: Den Namen sagen, was studiert, wie lange, und womit man heute sein Geld verdient. Beatrix, eine kleine dunkelhaarige Frau mit Brille, fragt die Redakteurin, ob das denn nicht geschnitten werde. Wir senden nicht life. Sie können ganz entspannt sein, sagt sie. Die Redakteurin ist eine Frau um die dreissig. Alles an ihr ist grau, ihre Haut, ihre Augen, ihr Pullover, ihre Jeans. Selbst das Aschblond ihrer Haare wirkt grau. Sie besitzt die Fähigkeit sich unsichtbar zu machen. Wie eine Verfolgerin, überlege ich. Till sagt, dass wir mit Herbert anfangen. So heisst der Mann, der in der Reportage als Geisteswissenschaftler auftritt. Herbert ist gross. Ein Meter neunzig. Vielleicht etwas grösser. Er fragt, ob er sein Alter sagen soll. Till sagt: Sag, was du willst. Er steht klein und dick vor Herbert. Ich denke an Handgranaten oder Springkraut. Wenn man ihn berührt, explodiert er. Herbert sagt, wie er heisst und wie alt er ist. Till ruft: Stopp. Und: Die Hände. Sie hängen an der Seite. Herbert steht an der Wand wie ein Häftling, von dem Aufnahmen für die Akte gemacht werden. Herbert soll seine Finger in den Hosentaschen einhacken. Ja, so ist es gut, sagt die Redakteurin. Till ruft: Ist das so? Herbert beginnt wieder mit seinem Namen, Alter. Er habe Politikwissenschaft studiert und Organisationspsychologie und sei jetzt Verlagsleiter in einem Verlag, der IT-Magazine produziere. Ein österreichischer Verlag mit Sitz in München. Er sehe rot für das aktuelle Geschäftsjahr wegen der roten Zahlen. Hauptkunden seien die Banken. Till dreht seine Daumen im Rhythmus wie Herbert spricht. Herbert kann es nicht sehen wegen der Scheinwerfer, die auf ihn gerichtet sind. Herbert tritt von der Wand weg. Beatrix tritt an seine Stelle. Die Kamera bleibt an. Beatrix sagt nicht ihr Alter. Sie habe Romanistik studiert, fünf Jahre in Paris gelebt, habe einen Sohn, der auf eine private Schule gehe. Diese habe sie mitgegründet, das Konzept dafür erarbeitet. Jetzt sei sie in einer Kommission, die von der Stadt München ins Leben gerufen wurde. Es gehe um alternative Schulkonzepte. Sie sagt, dass die Kinder in den herkömmlichen Schulen kaputt gemacht und ihre Potenziale nicht genutzt würden. Dass in einem anderen Bildungssystem die Kinder sich besser entfalten könnten und die Gesellschaft einen grösseren Nutzen hätte. Till malt dicke Kreuze auf einen Zettel. Mit Bleistift. Er drückt fest auf. Das Papier zerreisst. Ich bin dran. Die Redakteurin winkt. Ich stelle mich vor die Wand. Ich sage: 191164. Das ist mein Geburtsdatum. Ich sage, dass ich keinen Beruf habe, nur studiert. Philosophie. Ich sage, dass ich keinen Namen habe, als Autorin. Ich sage, dass ich über Abfallverwertungsunternehmen schreibe und zwar so, dass die Leser meinen, dass das Unternehmen das beste ist, oder dass ich mir Titel für Firmenzeitungen ausdenke. Während ich das sage, drehe ich mich nach rechts, so dass mein Profil erscheint, und dann nach links.

33

Als ich das Studio verlassen will, ist Till an meiner Seite. Er begleitet mich, den Flur entlang, ins Foyer, die Treppe hinunter ins Freie. Ich hoffe, dass er sich verabschiedet, seines Weges geht, in eine seiner Lieblingskneipen fährt, ein Schnitzel bestellt oder ein Brathähnchen, dazu Rotwein oder ein dunkles Bier. Er läuft neben mir her zur U-Bahn. Vielleicht haben wir einfach nur denselben Weg, denke ich und frage ihn. Er wolle mich begleiten, verfolgen, was ich tue. In seinen Augen blitzt etwas. Das beunruhigt mich. Ich spüre das im Magen. Ich weiss nicht, ob meine Augen ihm davon etwas mitteilen. Ich muss davon ausgehen. Vielleicht sind es auch nicht die Augen, vielleicht teilen ihm meine Mundwinkel etwas von meiner Beunruhigung mit, weil sie etwas zucken oder sich anspannen. Man muss immer damit rechnen, dass man durch Gestik, Blicke oder irgendeinen Ausdruck dem anderen etwas mitteilt, von dem wir wollen, dass er es nicht mitbekommt. Und wir müssen immer damit rechnen, dass der andere etwas Falsches in unserem Gesicht liest. Till fragt mich, was ich denke. Ich erzähle es ihm. Er will wissen, was mich beunruhigt. Ich sage ihm, dass das zu weit geht. Dass er keine Gedankenpolizei sei. Dabei frage ich mich, was denn eine Gedankenpolizei tun würde, falls es eine solche gäbe. Gedanken kontrollieren, bewerten, verbieten, bestrafen. Wie kann jemand Gedanken lesen, wenn keiner weiss, woraus Gedanken bestehen? Ich stelle mir vor, wie wir am Flughafen durch einen Gedankenscan laufen müssen. Was ist, wenn wir dann eine Art Gedankenzwang entwickeln und denken, dass wir den Piloten in der Maschine erdrosseln, obwohl wir es gar nicht vorhaben. Und wenn wir es vorhätten, würden wir vermutlich an eine grüne Blumenwiese, an Sex oder einen Sonnenuntergang am Meer denken. Aber vielleicht sind generell alle Gedanken, die mit starken Empfindungen verbunden sind, für die Gedankenpolizei ein Hinweis, dass wir etwas zu verbergen haben. Till sagt, dass er in der Tat keine Gedankenpolizei sei, aber Filmemacher und Drehbuchautor und als solcher interessiere er sich für die Gedankenwelt seiner Figuren. Ich sage ihm, dass ich keine Figur, sondern ein Mensch bin und er sich, wie er sich Figuren ausdenkt, auch die Gedankenwelt ausdenken kann. Er drehe eine Dokumentation. Die lebe von Authentizität, entgegnet er. Ich will nicht mehr mit Till reden. Vor mir auf dem Bahnsteig steht eine Frau mit einem Lammfellmantel. Der ist nicht mehr ganz neu. Die Frau ist schmal. Sie ist eine Münchnerin. Ich denke das, weil sie eine gerade Haltung hat. Die Goldmann ist Müncherin und hat eine ebensolche gerade Haltung. Sie erzählte mir, dass sie als Kind bei Spaziergängen mit ihrem Vater durch den Nymphenburger Wald einen Stock entlang der Wirbelsäule unter den Pullover gesteckt bekommen habe. So habe sie stundenlang neben ihm herlaufen müssen. Die Frau im Lammfellmantel sieht der Goldmann ähnlich. Sie ist schmal und hat einen Gesichtsausdruck, als stünde sie über all den Menschen, denen sie in der Stadt begegnet. Sie hat lange, blonde Haare, einen gepflegten Teint, ist grazil wie eine Tanzlehrerin. Vor sie schiebt sich Till. Er blickt in meine Augen, als wolle er darin lesen, was ich denke. Er fragt, ob ich ihm zuhöre. Er dreht sich um, um zu sehen, was ich sehe. Die Frau mit dem

Lammfellmantel. Till sagt, dass er wissen möchte, an welchem Projekt ich gerade arbeite. Mit der Geschichte von der Abfallanlage habe ich ihn doch offensichtlich ablenken wollen. Eine Autistin wüsste sofort, wie viele Buchstaben das Wort Gedankenpolizei hat, denke ich und an die Tochter der Goldmann. Die Frau mit dem Lammfellmantel steigt in die einfahrende S-Bahn. Till und ich auch. Ich will die Frau im Lammfellmantel verfolgen. Warum Till einsteigt, weiss ich nicht. Er hat sein Auto auf seinem namentlich gekennzeichneten Parkplatz vor dem Studio geparkt. Ich sage ihm, dass ich keine Zeit habe, heute noch arbeiten müsse und ihm gern ein anderes Mal bei einer Tasse Kaffee oder einem anderen Getränk mehr erzähle. Er sagt, ich solle einfach meiner Arbeit nachgehen und ihn nicht beachten. Ich möchte den Stock gegen ihn stossen. Kräftig. Ich darf mich nicht von meinem Vorhaben abbringen lassen, nur Menschen zu verfolgen, die ich nicht kenne. Ich konzentriere mich auf die Frau mit dem Lammfellmantel. In ein paar Jahren ist sie eine steinerne Frau, denke ich. Ich denke das, weil etwas an ihr mich an die steinerne Frau erinnert. Ich überlege, was es ist. Die glatte Haut, die Haltung. Von der Wirbelsäule aus wird sie versteinern. In ein paar Jahren. Erst ihr Skelett, der Nacken, das Becken, die Arme, die Beine, dann die Muskeln. Keine Bewegung mehr unter der trockener werdenden Haut. Sie wird zu einer steinernen Frau unter einem alten Lammfellmantel werden. Ich beschliesse sie jetzt zu verfolgen. Dazu muss ich Till loswerden. Die neue Herausforderung verstärkt meinen Entschluss. Ich schaue Till in die Augen. Er sagt, dass er an meiner Seite bleibt, gleich, was passiert. Die Frau im Lammfellmantel geht zur Tür. Eine Frauenstimme aus dem Lautsprecher sagt: Nächster Halt: Ostbahnhof. In Fahrtrichtung rechts aussteigen. Es kann sein, dass ich die Frau im Lammfellmantel verliere, wenn ich zuerst Till abhängen muss. Ich durchdenke einen Weg, bei dem die Wahrscheinlichkeit gering ist, dass ich sie verliere, aber bei dem ich garantiert Till los werde. Die S-Bahn hält. Rechts steigen die Menschen aus. Links ein. Ich warte. Kurz bevor die Türen schliessen, renne ich links durch die Tür. Ich renne zur Treppe, in die Unterführung, weiter zur anderen Treppe, von der die Frau im Lammfellmantel kommen muss. Sie kommt mir entgegen. Ich weiss nicht, ob Till hinter mir ist. Ich laufe noch ein Stück entgegen der Gehrichtung der Frau im Lammfellmantel, drehe mich dann um und renne der Frau im Lammfellmantel hinterher. Es sieht aus, als eile ich auf einen anderen Bahnsteig. Ich habe den Stock in der Hand. Ich renne an der Frau im Lammfellmantel vorbei, stosse sie mit der Spitze des Stockes am Arm, sage »Excuse me«, eile an allen anderen Bahnsteigaufgängen vorbei auf den Bahnhofsvorplatz auf ein Taxi zu, steige ein und rufe dem Fahrer einen Ortsnamen zu. Ein Ort ausserhalb der Stadt. Der Ort liegt auf einem Keltenhügel, ein Ort mit einer Kirche, einem Schulhaus und einem Landhotel. In Hechenberg beim Moarwirt kann man auf einer Bank an einem Kachelofen sitzen, neben einem die Perserkatze des Hauses und zu Füssen der Bernhardiner des Kochs. Den Ort hat mir Emilia gezeigt, als sie für ein Wochenende zu Hause weilte, nach ihrer Herzoperation. Ich brauche diesen Ort mit der Perserkatze und dem Bernhardiner jetzt, den Klang des Glockentones der Kirche, der über den Keltenhügel fliegt, über die Wiesen, in die Berge. Ich wähle die Nummer des Ehemannes und drücke schnell die Beenden-Taste. Ich wähle die Nummer noch einmal. Es geht jetzt schlecht, sagt der Mann. Weil ich nichts sage, legt er nicht gleich auf, sondern ruft: Hallo, Jossi? Und nach einigen Sekunden: Ist alles in Ordnung? Ich drücke nicht die Beenden-Taste, sondern stecke das Phone in die Schutzhülle und lasse es in meine Tasche sinken.

Ich bemerke, dass ich diesmal gar nicht an die Tat denke. Ich habe einfach im Vorübergehen eine Frau mit meinem Stock gestossen. Das ist alles.

34

An der Wand hängt ein Stadtplan. Auf dem stecken rote und blaue Fähnchen in der Nähe von U- oder S-Bahnstationen. Ich will die Tatorte sichtbar machen. Siebzehn Tatorte sind es, an denen ich Menschen verfolgte und mit dem Walking-Stock berührte. Neun rote Fähnchen. Acht blaue. Neun Frauen und acht Männer. Die Wand mit dem Stadtplan befindet sich in meinem Arbeitszimmer. Zwei Lichtstreifen zittern darüber. Es ist die Nachmittagssonne. Die Fenster sind geöffnet. Kinderstimmen sind aus der Ferne zu hören. Es riecht nach Erde. Das erste Mal in diesem Jahr. Es ist Mitte März. Ich verschaffe mir einen Überblick über die Menschen, die ich verfolgt habe. So wie sich die Polizei mit Fähnchen auf einer Landkarte einen Überblick verschafft und hofft, Muster zu erkennen. Handlungsmuster. Die Täterin setzt die Injektion in U-Bahn- oder S-Bahn-Nähe an Orten, an denen Gedränge herrscht, und an Orten, an denen meist nur ein oder zwei oder zeitweise auch gar kein Mensch entlanggeht, könnte ein Kommissar oder eine Kommissarin mutmassen. Ich weiss nicht, ob die Injektion in allen Fällen tatsächlich tödlich war. Das hängt davon ab, ob ich als Verfolgerin getroffen und wie viel ich von der Flüssigkeit injiziert habe. Ich habe mich bemüht und ein jedes Mal kräftig gedrückt. Vielleicht haben zwei nicht zum Tod geführt oder auch fünf. Vielleicht auch zehn. Zehn nicht, das wäre zu viel. Dann blieben sieben Getötete. Keine Schlagzeile, die um die Welt gehen würde, oder? Ich überlege, ob ich mir ein Steak zum Abendessen bereite.

Etwas Gemüse dazu. Mais. Bohnen. Ich muss etwas essen, das mich schwer macht. Kann sein, dass das Bedürfnis Fleisch zu essen typisch ist für Mörderinnen. Es ist besser, ich esse kein Fleisch. Es ist besser, ich trinke Wasser, laufe hinaus, die Strasse entlang aus der Stadt bis zu den Feldern und den Feldwegen, auf denen die Hundebesitzer ihre Hunde ausführen. Ich esse nichts Schweres, weil ich besser denken kann, wenn ich kein Fleisch esse. Was, wenn keiner bemerkt, was ich getan habe? Wenn keiner die Toten vermisst, wenn keiner die Todesursache erkennt? Serienmörder wollen, dass ihre Taten entdeckt werden, dass man darüber nachdenkt, um die Geschichte, die die Morde erzählen, zu entschlüsseln, um bekannt zu werden über die Medien, um einzugehen in die Kriminalgeschichte. Will ich als Verfolgerin das? Ich muss damit rechnen, dass keiner bemerkt, was ich getan habe. Es gibt Tote. Das ist sicher. Eine Dosis von 0,25 Milligramm ist tödlich. Es ist fad, wenn keiner bemerkt, dass Giftmorde entlang der U-Bahn- und S-Bahnhaltestellen geschehen. Fad. Geschmacklos könnte man sagen, läppisch auch. Fad ist französischen Ursprungs. Seitdem ich den Ursprung kenne, finde ich das Wort elegant.

Vielleicht sollte ich mein Vorgehen ändern. Jemandem Rizin ins Essen träufeln. Ich könnte dann ein schwarzes Fähnchen unter die blauen und roten stecken. Das schwarze Fähnchen würde nicht entlang den U- und S-Bahnhaltestellen stecken. Das Fähnchen würde ich in eine Strasse stecken, wie die Reitmoorstrasse. Unweit der Isar befindet sich ein französisches Restaurant in dieser Strasse. Der Mensch, der dort die tödliche Mahlzeit zu sich nahm, prangt als Schlagzeile in allen Tageszeitungen auf der ersten Seite. *Prangen.* Das Wort stammt aus dem 15. Jahrhundert. Prahlen, grosstun, durch Schönheit auszeichnen, heisst es.

35

Ich verfolge die Nachrichten in den Zeitungen. Dazu fahre ich ins Café Puck in die Türkenstrasse. Dort gibt es WLAN, kostenlos. Ich lese die Online-Ausgaben der Zeitungen. Lisa kommt auch ins Cafè Puck. Gegen elf Uhr. Das ist in einer Stunde. Ich habe den Termin mit ihr vereinbart, weil ich eine Auskunft brauche. Ich wähle einen Tisch unter dem Atelierfenster im hinteren Bereich des Cafés. Das Atelierfenster befindet sich an der Decke. Licht fällt von oben auf den Tisch, an dem ich sitze. Das ist das einzige Fenster in diesem Bereich des Cafés. Die Wände sind dunkel getäfelt. Es ist düster. Ich bestelle einen Cappuccino und ein Falafelsandwich. Ich weiss nicht, was Falafel ist. Ich überlege mir, wie viel Zeit ich habe, bis Lisa kommt. Vielleicht kommt Lisa erst in anderthalb Stunden. Sie kommt meist etwas später. Ich mache mir Notizen: Drei Tage dauert es, bis eine Dosis von 0,25 Milligramm Rizin zum Tode führt. Im Normalfall. Ich zähle die Tage in meinem Kalender. Ich frage mich, wann die Begegnung mit der Frau im Lammfellmantel war. Vielleicht Dienstag. Oder Montag. Ich gehe von Dienstag aus. Vielleicht ist sie dann am Donnerstag oder am Freitag vergangener Woche gestorben. Wenn der Arzt Herzversagen auf den Totenschein geschrieben hat, steht keine Meldung in der Zeitung. Wenn der Arzt von Gift ausgegangen ist, dann hat er die Polizei hinzugezogen. Selbstverschulden. Fremdverschulden. Schulden. Was heisst das? Was will man sagen, wenn man sagt: *Du bist schuld?* Vielleicht will man damit sagen: Du bist der Verursacher?

Aber warum sagt man das dann nicht, sondern Du bist schuld? Wenn der Arzt Gift als Todesursache vermutet, dann steht es frühestens nach vier Tagen, das wäre am vergangenen Samstag gewesen, in der Zeitung. Heute ist Mittwoch. Vielleicht lebt die Frau im Lammfellmantel allein. Vielleicht vermisst sie niemand. Vielleicht findet man sie nach einem Jahr in ihrer Wohnung. Das sind die unbekannten Variablen in der Geschichte. Die kann ich nicht kalkulieren. Das muss ich aushalten. Ich kann auch nicht kalkulieren, wann die nächste Tat folgt. Das hängt davon ab, wann mir wieder ein Mensch mit einem leeren Gesicht begegnet. Wie viele Menschen mit einem leeren Gesicht gibt es in dieser Stadt? Vielleicht zehn Prozent von 1,36 Millionen Menschen. Das sind 136'000. Vielleicht sind es ein Prozent. 13'600 Menschen. Vielleicht weniger. Die Bedienung bringt das Falafelsandwich auf einem Teller mit viel Salat. Sie fragt, ob ich noch etwas möchte. Sie trägt eine rote lange Leinenschürze über den Jeans. Sie pustet ihre schwarz gefärbten Haare aus der Stirn. Ihre Gesichtshaut wirkt blutleer. Ich will eine Cola. Sie notiert das. I'd like some Cola, please. Wir schauen uns in die Augen.

Der Falafelteig fühlt sich im Mund an wie angefeuchtete Sägespäne.

Ich lasse etwas vom Falafelsandwich und dem Salat auf dem Teller. Picke gelegentlich mit der Gabel nach einem Happen und gehe die Meldungen in den Online-Ausgaben der Tages- und Wochenzeitungen durch: »Gifttod durch Energiedrink«, »Tod in der Diskothek«, »Gewalttäter schiesst Polizist in den Kopf«, »31-Jähriger lag tot im Inn«, »Spaziergänger findet Leiche im Gebüsch«, »Verkohlte Leiche einer schwangeren Frau gefunden«, »19-Jähriger in S-Bahnhof erstochen«, »Bauer, der Eltern umbrachte, war angeblich psychisch krank«, »Mit einer Zwiebel ermordet«, »Im Streit Messer in die Brust gerammt«, »Norbert A. (32) hatte Killer angeheuert, die seine Frau töten sollten«.

Die Hauptinformation in der Headline. Ich kann die Hauptinformationen kategorisieren. Eine Kategorie sind die Informationen über den Todes- und Fundort. Eine Kategorie sind Informationen über das Mordwerkzeug: Gift, Messer, Zwiebel, Munition. Dann könnte ich die Nachrichten zusammenfassen, die etwas über das Opfer aussagen: Polizist, das Alter der Opfer, das verwandschaftliche Verhältnis der Opfer, der Zustand des Opfers – schwanger. Und ich könnte Aussagen über die Täter zusammenfassen: Bauer, Gewalttäter. In diese Rubrik könnte ich alle offenen Fragen über die Täter auflisten. Ich könnte Aussagen über die Gesellschaft ableiten: Analysiert man die Nachrichten, dann kann man sagen, dass Morde überwiegend im öffentlichen Raum stattfinden. Ich trenne mir mit der Gabel ein Stück Falafel ab. Bei den Worten ›öffentlicher Raum‹ denke ich an das Rentnerehepaar, das sich auf einer Bank im Schlosspark das Leben genommen hat. Am helllichten Tag, schreibt die Zeitung. Helllicht. Licht ist hell. Was sagt helllicht mehr als hell oder licht? Ich beisse in das Falafelsandwich.

Meine Morde stehen nicht als Nachricht in der Zeitung. Rätselhafte Rizinmorde – müsste darin stehen. Oder zumindest: Rätselhafter Rizinmord. Polizei schliesst Terrorhintergrund nicht aus. Der Terroraspekt käme mit meinen Morden als Aspekt dazu. Wäre dies eine neue Kategorie? Zunächst fiele dies in die Kategorie Mordwerkzeuge und in dieser sogar einfach nur unter Gift. Ich könnte die Kategorien Einzelmorde und

Serienmorde erstellen. Das wäre in Ordnung. Und der von der Polizei angenommene Terrorhintergrund? Morde mit politischen Motiven. Ich morde als Verfolgerin und als solche ohne Motiv. Jeder soll das wissen. Ich morde deshalb ohne Motiv, weil ich für andere unsichtbar sein will. Auch der Mord soll unsichtbar sein. Das war meine Absicht. Warum suche ich dann jetzt nach Spuren meiner Morde in den Zeitungen? Wer mordet, möchte damit etwas sagen. Er tritt mit der Welt in Resonanz. Die Tat eines solchen Mörders ist jenseits der moralischen Ebene Kunst. Die Gesellschaft lässt es nicht zu, dass Morde die moralische Ebene verlassen, um als Kunst erörtert zu werden. Was ist es, wenn ich als Verfolgerin morde? Für niemanden sichtbar. Für niemanden beweisbar. Und dies dokumentiere. Kunst?

36

Lisa ist da. Ich habe sie nicht kommen sehen. Sie steht neben mir. Sie atmet schnell. Ihr Gesicht ist rot. Sie sagt, dass sie noch schnell im Buchladen hinter der Uni gewesen sei. Dem englischen. Sie habe ein Buch gesucht »Experimental and Toxicologic Pathology«. Aber das hätten sie nicht gehabt. Lisa weist den Border Colli an, unter dem Tisch Platz zu nehmen. Sie sagt zu ihm, dass er brav sein solle. Dann zieht sie ihren Mantel aus, sucht einen Garderobenhaken, findet keinen und wirft den Mantel über den Stuhl. Lisa strahlt Wärme aus. Menschliche Wärme sagt man dazu. Ich will wie jedes Mal, wenn ich Lisa sehe, wissen, woran das liegt, suche in ihrem Gesicht. Ihre Haare glänzen golden. Sie spricht langsam, artikuliert die Worte deutlich, lacht. Das ist es. Sie lacht, auch wenn sie ernst schaut. Die Lachfalten sind dann trotzdem da, und der goldene Glanz ihrer Haare. Lisa bestellt sich Joghurt mit Obstsalat und einen Minztee. Sie fragt mich, was ich da mache. Ich sage ihr, dass ich die Online-Ausgaben der Zeitungen nach Meldungen über Giftmorde durchsuche. Sie wolle mit mir nicht über Mord und Tote reden. Sie habe heute frei und sie müsse mir Neuigkeiten erzählen. Neuigkeiten von Peter. Ich sage ihr, dass ich sie herbestellt habe, um über Tote zu reden und dass sie ja offensichtlich an ihrem freien Tag ein Buch zu Mord und Totschlag kaufen wollte. »Experimental and Toxicologic Pathology«, sagt sie. Ich frage sie, ob Tote leere Gesichter haben. Ich sage ihr, dass ich noch nie einen Toten gesehen hätte, ausser meinem Vater, und der habe einen enttäuschten Ausdruck auf seinem Gesicht gehabt. Er muss sich alleingelassen gefühlt haben, als er gestorben ist. Enttäuscht darüber, dass ich den Ernst der Situation nicht erfasst habe, lediglich von einem vorübergehenden Schwächeanfall ausging. Woran ist er denn gestorben?, fragt Lisa. Organversagen infolge der Chemo. Lisa sagt, dass daran viele sterben, auch wenn die Chemo, was den Krebs betrifft, erfolgreich sei. Lisa zieht ihre Augenbrauen hoch, saugt Luft in die Backen, bläst sie aus und sagt unter lautem Stöhnen: Nur, dass die Onkologen das nicht wahrhaben wollen. Dabei zieht sich vom Nasenansatz eine tiefe, senkrechte Furche über ihre Stirn. Vertikal. Mit den horizontalen Furchen auf der Stirn, die weniger tief sind, bilden sie ein Kreuz. Dann prustet sie los und lacht. Weil ich nicht mitlache, beruhigt sich Lisa schnell und sagt, dass es so ist wie bei meinem Vater. Die meisten Menschen hätten den Ausdruck, mit dem sie aus dem Leben geschieden seien, auf dem Gesicht. Sie könne aber nicht sagen, ob die Menschen im Leben leere Gesichter gehabt hätten, denn man müsse davon ausgehen, dass auch Menschen mit leeren Gesichtern in der Todesphase etwas empfinden. Diese Empfindung hinterlässt dann Spuren auf ihren Gesichtern. Ich sage, dass ich das verstehe, schliesslich habe ja das Leben ihre Gesichter leergefegt und nicht der Tod. Ich frage Lisa, was der Arzt für eine Todesursache auf den Totenschein schreibt, wenn ein Mensch Symptome wie hohes Fieber, Durchfall, Erbrechen, Koliken hat und an einem Kreislaufkollaps verstirbt. Das kommt drauf an, meint Lisa. Ich frage sie, wie das mit dem Verdacht auf Fremd- und Selbstverschulden sei. Lisa will wissen wieso. Ob ich immer noch dieser verrückten Idee mit diesem Gift nachhänge, diesem Rizin, will Lisa wissen.

Sie fischt die Pfefferminzblätter aus dem Teeglas. Ich schaue ihr zu, sage nichts. Sie ruft die Bedienung, will Honig für den Tee. Sie zieht ihre Augenbrauen hoch. Die tiefen Furchen, die das Kreuz über der Nasenwurzel bilden, tauchen auf. Sie sagt, dass es zum Glück das Zeug ja nicht zu kaufen gebe. Sie rührt den Honig in den Tee. Der Löffel klappert am Teeglas. Ich frage sie, ob sie weiss, dass über ihrer Nasenwurzel ein Kreuz entsteht, wenn sie die Augenbrauen hochzieht. Lisa lacht. Nein, dass wisse sie nicht. Sie holt einen Taschenspiegel aus ihrer Tasche und sieht sich an. Ich sehe die Rückseite des Spiegels, darauf ist ein grinsendes Schwein abgebildet. Erotisches Grinsen steht darunter. Sie schaut mich über den Spiegel an und sagt. Es stimmt. Die Furchen, die das Kreuz bilden, sind nun tiefer. Ihr Lachen wirkt diabolisch unter dem Kreuz auf ihrer Stirn. Da fällt mir gleich was dazu ein, sagt sie. Sie hätte mir doch von diesem Mann erzählt, auf der Alm. Der Mann würde Peter heissen und er schlafe jetzt jede Nacht in ihrem Bett. Aber nicht so wie du denkst, sagt Lisa. Es ist ganz anders. Irgendwie so geschwisterlich. Lisa erklärt, was sie mit geschwisterlich meint, und sagt, dass das jetzt für sie alles ganz gut sei. Ich frage Lisa, ob es sein kann, dass es niemandem auffällt, wenn Menschen an Rizinvergiftung sterben. Ob ich nicht aufhören könne davon zu reden, sagt sie. Ich antworte nein. Gut, meint sie. Jedes Jahr bescheinigen Ärzte bei 1200 bis 2400 Menschen einen natürlichen Tod. Umgekommen sind sie aber durch Straftaten oder Unfälle. Sie wolle jetzt weitererzählen, sagt sie. Peter würde ihr guttun, auch wenn er fünf Jahre jünger sei. Er helfe ihr beim Holz holen, jeden Abend würden sie zusammen kochen. Er nehme sie einfach mal in den Arm. Und sie könne von ihren

Leichen erzählen und mal den Mist loswerden, den sie tagtäglich auf dem Tisch habe. Andererseits hafte Toten etwas Heiliges an. Sie habe schon fast das Gefühl, sie versündige sich, wenn sie das hier erzähle. Lisa lacht. Ein warmes Lachen, und ich frage mich wieder, warum es ein warmes Lachen ist. Wegen dem goldenen Glanz auf ihrem Haar und ihrer Haut und den Lachfalten. Alles an ihr ist Lachen, und Lachen macht warm. Nicht jedes.

37

Der Mann ist in meinem Arbeitszimmer, als ich komme. Er blickt auf. Erschrocken. Er fragt mich, was ich da mache. Er meint die Fähnchen. Das sehe aus wie bei der Polizei. Ob ich da meine Opfer eintrage. Auf dem Tisch liegen rote, violette, orange, grüne, blaue und schwarze Fähnchen. Was für Opfer, frage ich den Mann. Solche wie mich, meint er. Solche seien es nicht, sage ich. Was für welche dann? Er fragt das vorwurfsvoll. Ich blicke in seine Augen. Die sind eisgrau. Ich kann nichts sehen in ihnen. Ich weiss nicht, was er mir vorwirft, denke ich weiter. Ich sage ihm, welche es sind. Keine Opfer. Orte, an denen ich Menschen begegne, die in ihren Gesichtern keinerlei Empfindungen zeigen. Deren Gesichter leer sind.

Solche gibt es nicht, sagt er. Deshalb sei er auch nicht gekommen. Er wolle seine restlichen Sachen holen und mir Lebewohl sagen. Lebe wohl. Ich weiss nicht, was das für mich heisst. Er geht in den Keller. Ich höre, wie er Kisten über den Boden zieht, hochträgt, wieder hinuntergeht. Ich stecke ein violettes Fähnchen auf die Karte. Als er zurückkommt, fragt er, ob ich wieder einem solchen Menschen begegnet bin und warum ich eine andere Farbe nehme. Ich sage, nein. Diesmal kann ich im Gesicht etwas lesen. Warum markierst du dann die Stelle auf dem Stadtplan? Du müsstest dann tausende Fähnchen im Stadtplan stecken haben, denn bei den meisten Menschen, wenn nicht allen, zeigen sich Empfindungen im Gesicht. Ich sage, dass all diese Menschen tot sind. Bis auf den, der für das violette

Fähnchen steht. Das sei die Verbindung zu ihnen. Der kleinste gemeinsame Nenner.

Wieso gehst du so mit mir um? Wieso erzählst du so einen Quatsch, will der Ehemann wissen. Ich sage, dass ich nicht weiss, was er meint.

Ein leises Pling. Er zieht sein Handy aus der Hosentasche, blickt darauf und sagt, dass es eigentlich auch egal sei. Ich reiche ihm ein Glas Rotwein. Es ist kein Rizin drin. Ich könnte welches hineinträufeln. Ich könnte als Verfolgerin einen anderen Weg einschlagen. Ich könnte Menschen, die mich zu dem machen, was ich bin, mit Rizin aus dem Weg räumen. Wenn man ein Haus hat und allein in dem Haus wohnt, ist das einfach. Der Mann sagt: Nun gut. Stossen wir an, ein letztes Mal. Ich frage nicht, worauf er anstossen will. Ich schaue auf den Stadtplan und frage mich, welche Farben ich für die anderen nehmen würde. Für Morde mit Motiv. Der Stadtplan würde wichtig aussehen mit so vielen Fähnchen in so vielen Farben. Ein System, das es zu enträtseln gilt. Ich will jetzt allein sein. Ich sage ihm, dass er gehen soll, dass ich allein sein wolle. Deshalb sei er gekommen, sagt er. Ein letztes Mal. Er komme nicht wieder, und am liebsten wäre ihm, er würde mich nie wieder sehen. Er würde mich nur noch als Mutter seiner Kinder betrachten und sonst aus seinem Leben streichen. Vielleicht hat er auch einen Plan an der Wand. Mit Fotos darauf. Alle durchgestrichen. Der Mann steht vor mir. Presst seine Lippen aufeinander, blickt mir in die Augen. Ich wende mich ab. Er soll gehen. Ich will diesen Blick von oben auf mich nicht.

Als er fort ist, öffne ich alle Fenster im Haus, hole den Putzeimer und wische alle Böden feucht, selbst die im Keller. Ich weiss, dass dies nicht reichen wird. Ich werde alle Möbel abholen lassen, bis auf den Esstisch, meinen Schreibtisch und das Zweimalzwei-Meter-Bett, die Wände weisseln und die Holzböden abschleifen und neu versiegeln lassen. Dann lasse ich neue Möbel kommen, neues Geschirr, neue Töpfe. Nur das Service Maria behalte ich. Ich stelle mir vor, wie der Container vor dem Haus steht und die Küchenschränke, die Sessel, das Sofa, das Käsefondue-Geschirr, alles, was uns begleitete, in den Container geworfen wird. In meiner Vorstellung tauchen die Geschichten auf, die unser Leben waren. Die Abende mit Freunden beim Käsefondue, das Lachen bei dem immer gleichen Witz, was passiert, wenn jemand sein Brotstückchen in den Käsesud fallen lässt. In den Sesseln sehe ich die Buben liegen mit Teddy im Arm und den letzten Abendgruss ansehend, den Mann auf dem Sofa liegend mit dickem Schal um den Hals und glasigen Augen eine Zeitung lesend. Es fühlt sich an, als würde unser Leben in den Container geworfen und ich stehe auf, gehe heiss duschen, um mir während des Duschens vorzustellen, wie ich mir moderne Kunst für die frisch geweisselten Wände besorge und die Räume im Haus für eine Weile leer stehen lasse.

38

Eine SMS von Till. Glas. So heisst der Ton, den ich auf meinem Handy für eingehende SMS eingestellt habe. Ich bin auf dem Weg zu Emilia. Ich höre das Geräusch, das als Glas bezeichnet wird, aus meiner Jackentasche, als ich den Eingang zur U-Bahn passiere. Vor mir läuft ein Mann. Alle, die ihm entgegenkommen, schauen ihm in den Schritt, sind entsetzt, drehen sich nach ihm um, wenn sie vorbei sind. Ein Mann zückt sein Handy und wählt eine Nummer und dreht sich immer wieder um. Ich bleibe hinter dem Mann, dem alle auf den Schritt schauen, und lese die Nachricht von Till. »Ich muss dir etwas zeigen. Es geht um dich. Morgen um neun Uhr im neuen Haus.« Ich antworte nicht. Der Mann, dem alle entsetzt auf den Schritt schauen, ist verschwunden. Vielleicht ist er auf dem anderen Bahnsteig. Ich schaue nicht hin. Ich will ihn nicht sehen. Auch nicht die Gesichter der Menschen, wenn sie ihn erblicken.

39

Schön, dass du kommst. Ich habe alles geschafft, sagt Emilia, als sie mir die Haustür öffnet und mich hereinwinkt. Ich werde staunen, sagt sie. Ich tue ihr den Gefallen und staune, obwohl ich nicht weiss, was sie geschafft haben wollte. Sie zeigt mir das Haus, das Wohnzimmer mit der neuen olivgrünen Ledercouch und den Arbeiten von Jakob Seilman an der Wand. Landschaften auf Farbklänge reduziert. Sie zeigt mir die Bibliothek mit den weiss lasierten Regalen, die bis unter die Decke reichen, zieht zwei Afrikabände aus der unteren Bücherreihe. Die seien von ihrem Onkel, dem Arzt und Afrikafan. Wir setzen uns in die olivgrünen Ledersessel, die eigentlich zur Couch gehören, die sie aber in die Bibliothek gestellt hat, wie sie sagt. Zwischen uns steht ein runder Holztisch mit Intarsienarbeiten, einem Schachbrettmuster. Sie schenkt Tee ein und fragt mich, was ich zu all dem sage. Ich sehe ihre Augen strahlen. Ich sage, dass ich mich sehr für sie freue und dass ihre Freude in den Räumen zum Ausdruck komme. Sie sagt: Ja, wirklich, und erzählt mir noch einmal die Geschichten vom Kauf der Couch, der Bilder, der Begegnung mit dem Künstler. Sie erzählt es dreimal. Dann hat sie ihre Freude entladen. Vielleicht schwebt die Freude nun durch die Räume, denke ich. Und wie ist es bei dir? Was macht deine Arbeit? Kommst du gut voran? Ja, sage ich. Nur bemerke es keiner. Das sei eine merkwürdige Sache. Ich zeige ihr ein Foto von der Landkarte mit den bunten Fähnchen. Erkläre ihr die Bedeutung der Farben. Sage ihr, dass ich als Verfolgerin insgesamt 17 Menschen mit dieser Methode getötet habe, es aber keiner bemerkt. Keine Meldungen in den Zeitungen. Vielleicht seien sie ja gar nicht tot, sagt Emilia und schenkt Tee nach. Sie fragt, ob ich noch von dem Zopf wolle. Es sei wieder der vom Rupfmüller, nächstes Mal hole sie etwas anderes. Ich würde immer das gleiche bei ihr vorgesetzt bekommen. Sie habe nicht dran gedacht. Ich sage, dass ich vielleicht die Methode mal an jemandem testen müsste, den ich kenne. Dann wüsste ich Bescheid. Das ist eine gute Idee, sagt Emilia. Ob ich schon wüsste, dass sie nun einen Hund habe. Einen patagonischen Hütehund. Sie hole ihn morgen aus dem Tierheim. Er sei etwas gestört, hätten die Leute vom Tierheim gesagt. Als Welpe sei er geschlagen worden. Das habe ihr Herz so gerührt, dass sie ihn haben wollte. So einem armen Tier müsse man doch ein Zuhause geben und das Leben schön machen, sagt sie. Ich sage ihr, dass ich eigentlich wollte, dass keiner die Morde bemerkt. Das sei eigentlich für mich der Kick an der Sache gewesen. Emilia sagt, ich solle nicht Kick sagen, dass passe nicht zu mir. Das Wort Reiz sei besser. Aber, dass es nicht einmal eine Nachricht über einen rätselhaften Tod in der Zeitung gebe, an zwei oder drei Menschen, dass frustriere schon, sage ich. Frustrieren sei auch so ein Wort, das sie nicht ausstehen könne. Aber was mich denn daran ärgere, fragt sie. Das sei doch wirklich mal was anderes und genau deshalb so reizvoll. Ja, aber wenn es keiner weiss.

40

Die Haustür steht offen. Till ist nirgends zu sehen. Ich rufe ihn. Keine Antwort. Ich trete ins Haus. Es ist dunkel. Als ich im Wohnzimmer stehe, wird es hell. An der Wand gegenüber der Terrassentür läuft ein Film. Ich sehe eine Kellertreppe, das Gesicht des Requisiteurs, dann mich beim Requisiteur, wie er mir eine Schachtel zeigt. Ich erkenne sie. Die mit den Platinkügelchen. Dann folgen Aufnahmen vom Requisiteur, wie er die Kügelchen betrachtet, dann den Nordic-Walking-Stock. Die Kamera schaut dem Requisiteur über die Schulter, sie zeigt, wie er die 64 in den Stock brennt, wie er die Zahl golden ausmalt. Andere Einstellung: Marco überreicht mir den Stock, zeigt in Richtung Kamera. Dann Menschen in einer U-Bahn. Gedränge. Dann sehe ich einen Arm, einen Kopf seitlich von hinten. Das bin ich. Die Kamera schwenkt auf das Gesicht einer Frau, die ich kenne. Die Kamera zeigt sie im Profil. Die steinerne Frau. Die Szenen verwackeln. Offensichtlich läuft der Kameramann schnell. Dann der Zusammenstoss der Frau mit mir im Hofgarten. Ich vor dem Schaufenster in der Ludwigstrasse, wie ich mich umsehe. Die Proportionen der Einstellungen stimmen nicht. Es sieht aus wie mit versteckter Kamera aufgenommen. Dann an der rechten Wand ein anderer Film. Die Filmstadt in Unterföhring. Der Mann mit dem verschlossenen Gesicht. Von hinten. Ich hoffe, dass eine Einstellung dabei ist, auf der man ihn von vorn sieht, sein Gesicht. Dann kann ich Emilia zeigen, dass es sie doch gibt, die Menschen mit den leeren Gesichtern, denke ich. Eine

Grossaufnahme meines Stockes. Die 64, nicht ganz im Bild, aber es ist zu sehen, dass es die Zahl 64 ist. Dann die Stockspitze, wie sie in die linke Pobacke unterhalb der Lederjacke eintritt, und dann eine Grossaufnahme vom Gesicht des Mannes. Seinem leeren Gesicht. Das muss woanders aufgenommen worden sein. Die Einstellung mit der Grossaufnahme seines Gesichts bleibt stehen. Es steht ein Datum darunter. Der 19. Januar. Ich versuche, es mir zu merken, um nachschauen zu können, wann es passiert ist. Vielleicht ist die Aufnahme einen Tag danach gemacht worden oder zwei. Ich suche nach Anzeichen von Übelkeit und entdecke einen angespannten Ausdruck im Gesicht. Doch ein Ausdruck, wird Emilia sagen. An der linken Wand läuft nun auch ein Film. An allen Wänden laufen gleichzeitig Filme. Immer mit anderen Menschen mit leeren Gesichtern. Das ist Material für Emilia, denke ich. Till schaltet das Licht an. Ich weiss nicht, woher er gekommen ist. Vielleicht ist er hinter meinem Rücken durch die Terrassentür hereingekommen. Ich habe ihn nicht bemerkt. Die Filme an den Wänden laufen weiter. Blasser. Ich kann nichts mehr darauf erkennen. Der Ton läuft auch weiter. Lärm aus der U-Bahn, vorbeifahrende Autos von der Strasse, gelegentlich Wortfetzen. Ich sehe jetzt erst, dass Kisten um uns herum stehen. Ich wundere mich, dass ich mich vorher nicht daran gestossen habe. Till sagt, dass seine Familie am nächsten Tag kommt. Mit den Möbeln und all den Sachen. Sie ziehen hier ein, sind dann immer hier. Kein Ort mehr für uns. Ich sage Till, dass er gute Arbeit geleistet habe, und frage, ob er das in seine Dokumentation mit einfliessen lassen wolle. Ja, und er wolle gern mehr über diese Sache, an der ich arbeite, wissen. Das scheint spannend zu sein.

Ein guter Stoff. Es sei interessant, womit sich Geisteswissenschaftler so beschäftigen. Was denen durch den Kopf geht. Sein Gesicht ist angespannt. Er hat schmale Lippen und vermeidet es, mich anzusehen. Er nimmt die Fernbedienung, die auf einer der Umzugskisten liegt. Noch ein Film. Ein Leichenwagen fährt durch die Filmstadt Unterföhring, bleibt vor einem Wohnblock stehen. Männer tragen einen Sarg in das Haus. Einen metallenen. Sie kommen mit einem Sarg wieder heraus. Eine andere Szene, aufgenommen in einem Krankenhaus. Eine Schwester deckt ein Tuch über einen Körper. Im Schrank hängt ein Mantel. Ein Lammfellmantel. Ich frage Till, ob er die Geschichte weitererzählen wolle. Er müsse mich dann nach den Rechten am Stoff fragen. So, Rechte, sagt Till. Er hält mir eine Flasche Rotwein hin und fragt: Diese? Ja, gern, antworte ich. Er schenkt Wein in die Gläser. Die standen auf einer anderen Umzugskiste. Ich habe sie nicht bemerkt. Er reicht mir mein Glas. Wir stossen an. Auf eine gute Story, sagt er und, dass er vermute, dass es sich nicht nur um eine Story handle, sondern dass ich tatsächlich diese Morde begangen habe. Das mache seine filmische Dokumentation so spannend und neuartig. Ein neues Stilmittel im Film. Es ist nicht zu beantworten, ob es sich um eine dokumentarisch erfasste, eine zum Teil nachgestellte reale Story handle oder eine fiktive. Das sei allein unser Geheimnis. Nicht nur das: Sex und Mord, sagt er. Ich finde es unpassend, dass er es sagt. Damit wird meine Arbeit auf ein Klischee reduziert. Till meint, dass die Menschen Klischees wollen, gut verpackte, sodass man nicht sieht, dass es sich um ein Klischee handelt. Meine Arbeit der letzten Monate an den Wänden von Till. Ein grossartiges Gefühl. Ich habe viel geleistet. Alles dokumentiert. Till spricht das Wort grossartig in dem Moment, in dem ich es denke, aus. Weisst du, was ich so grossartig an deiner Arbeit finde, sagt er. Dass du zeigst, welche Dimension Terror annehmen kann. Er ist nicht mehr zu berechnen. Keiner käme auf die Idee, dass du, eine Frau mit zwei Kindern, aus geordneten bürgerlichen Verhältnissen, auf die Idee kommst zu töten. Ich will nicht, dass er seine Gedanken in diesem Raum, in dem die Filme noch immer ohne Ton an den Wänden laufen, ausbreitet. Ich frage ihn, ob er etwas zu essen habe, etwas Baguette zum Wein, etwas Käse, Schinken oder Salami, vielleicht auch Oliven. Till lacht. Selbstverständlich, sagt er und geht in die Küche. Ich höre sein Telefon. Vermutlich ruft wieder seine Frau an und Till sagt, dass er nun sein Handy ausschaltet. Welchen Grund er diesmal nennt, kann ich mir nicht vorstellen, denn ein Stromausfall würde seine Frau einen Tag vor dem Einzug beunruhigen. Ich suche in Tills Computer die Datei mit dem Film. Ich speichere sie auf meinen Stick ab und lösche den Film von Tills Notebook. Ich verlasse das Haus durch die Terrassentür. Es kann sein, dass Till den Film auf einem anderen Computer oder auf anderen Speichermedien hat. Es kann sein, dass Rohmaterial vom Film ungeschnitten existiert. Ich verbiete mir diese Gedanken.

41

Emilia ruft an: Ich solle den Artikel über den Tod dieses Regisseurs lesen. Diesem Till Noteboom. Den hätte ich doch gekannt. Der sei tot in seinem neuen Haus aufgefunden worden. Sei ich nicht an jenem Abend bei ihm gewesen? Ich sage, dass das sein könne, aber als ich fortging, habe er gerade mit seiner Frau telefoniert.

42

Lisa ruft an. Ihr Ton ist sachlich und wirkt streng. Sie sagt, dass sie gestern noch veranlasst habe, bei Till Noteboom nach Rizin zu suchen. Sie habe zufällig mit dem Kollegen, der Tills Tod festgestellt hat, zu Abend gegessen. Der Kollege habe sie natürlich gleich gefragt, wie sie darauf komme. Sie habe nichts von ihr gesagt. Sie habe abwarten wollen.

43

Sehen Sie, der Bürgermeister ist tot, sagt die Goldmann. Und wir haben das Interview. Ja, sage ich und picke mir ein Häppchen Baguette mit Avocadocreme vom Buffett. Die Goldmann und ich sind zum zehnjährigen Bestehen des Abfallunternehmens eingeladen. Es ist pietätlos, das Interview, so wie es in der Festschrift steht, abzudrucken. Ohne Anmerkung, ohne Nachruf, denke ich, während die Goldmann weiterspricht.

Leider sei ihr der Film mit Till Noteboom nicht rechtzeitig geglückt. Mit dem wollte sie eigentlich eine Doku über Autismus machen. Wer denkt auch schon, dass ein Mann Mitte vierzig stirbt. Aber jetzt ist der Fall doch was für Sie: Wollten Sie nicht mal einen Roman schreiben über Giftmorde? Bei dem haben die doch nach Rizin gesucht. Sie wollten doch wissen, woher man Rizin herbekommt. Recherchieren Sie doch mal, wie die darauf kommen nach Rizin zu suchen. Vielleicht finden Sie ja dann auch einen Hersteller. Vielleicht ist das ja Stoff für eine Story.

44

Till Noteboom starb an einem Herzinfarkt. Der Rizinverdacht habe sich nicht erhärtet. Das stand heute in der Zeitung. Ich habe Tills Filmmaterial sorgfältig gesichtet und die Namen und Adressen von 13 der Getöteten herausgefunden. Herausgefunden habe ich auch, wo sie begraben oder beigesetzt wurden. Ich sitze im Café Puck. Wenn ich mein Falafelsandwich aufgegessen habe, besuche ich die Toten auf dem Friedhof. Ich habe dreizehn Rosen gekauft. Die sehen sehr schön aus. Altrosa mit grünem Rand um die Blütenblätter. Jeder bekommt eine Rose auf die letzte Ruhestätte gelegt. Es sind sieben Frauen und sechs Männer. Ich markiere die Friedhöfe auf meinem Stadtplan. Sie bekommen ein grünes Fähnchen. Es sind Friedhöfe darunter, die zwei Fähnchen bekommen. Ausserdem fotografiere ich die Gräber und markiere die Grabstellen auf den jeweiligen Friedhofsplänen. Vielleicht wollen Interessierte die Grabstellen besuchen, so wie Menschen die Grabstellen berühmter Philosophen, Dichter, Musiker, Komponisten, Schauspieler besuchen. Über die anderen vier, die ich verfolgte, konnte ich nichts in Erfahrung bringen.

Alle Dokumente, meine schriftlichen Aufzeichnungen, die Fotos, den Stadtplan, die Friedhofspläne, das Filmmaterial, habe ich auf dem Esstisch ausgebreitet. Ich packe es in einen Schuber, und der kommt in einen Postkarton. Ich beteilige mich an einer Ausschreibung der Stadt München für den India Fuchs Gedächtnispreis.

Er ist mit 15'000 Euro dotiert. An den Wänden tanzt oranges Licht. Es ist Juli. Abend. Kinderstimmen sind durch die geöffnete Terrassentür zu hören. Meine Jungs kommen morgen. Sie bringen viel schmutzige Wäsche mit, haben sie geschrieben. Wir fahren aufs Land. Ich lade sie in einen Biergarten ein. Den in Sachsenkam, beim Kloster Reutberg. Dort gibt es gegrillte Enten und Schweinshaxen. Das mögen sie. Ich mag den Blick über die Wiesen und das Geläut der Kuhglocken. Sie bleiben nicht lange. Der Jüngere fährt mit Freunden zum Gardasee. Der Ältere fliegt mit seiner Freundin nach Malta. Er hat die Freundin gewechselt. Ich hole mir eine Flasche Apfelcidre aus dem Kühlschrank, trinke ein Glas und warte auf den Kurier, der das Päckchen abholen soll.

Ich wollte nicht, dass der Ehemann geht. Ich wollte, dass er mich sieht, dass er mich spürt, dass er mir die Hand reicht.

Anhang

Ich habe am 12. Oktober 2011 von der Kulturreferentin der Stadt München den India Fuchs Gedächtnispreis für meine Dokumentation erhalten. In der Begründung der Jury steht unter anderem: »Gedanken sind gefährlich. Auch in der heutigen Zeit, in der Freiheit unser höchstes Gut ist.«

Dank

Ich danke Suse Bucher-Pinell und André Hille für die Begleitung dieser Arbeit und ihre kritische Würdigung des Textes sowie Heinz Scheidegger, Geri Balsiger und Brigitte Walz-Richter für ihren unermüdlichen Einsatz für Autoren als unabhängige Verleger. Für die Unterstützung bei meinen Recherchen bedanke ich mich bei Reinhard Auer.

Gesina Stärz: **kalkweiss**. Roman.
240 Seiten, gebunden, Fr. 32.–,
€ 20.80, ISBN 978-3-85990-163-6

Diane Stein ist 42 Jahre alt, Mutter eines 17-jährigen erfolgreichen Skirennläufers und seit 13 Jahren Geliebte des Bauunternehmers Henning Kranz, den sie als junge Architektin in Dresden kennen gelernt hat und der ihr in seiner Firma in Bayern eine Stelle anbot.
Es sind nur noch zwei Tage bis zu den Sommerferien. Die soll ihr Sohn David im Trainingscamp der Skinationalmannschaft in Chile verbringen. Diane hat schon lange keine Kontrolle mehr über ihren fast erwachsenen Sohn. Genau genommen war er als Baby bereits ein forderndes, durchsetzungsstarkes, aber auch sensibles Kind, das sie allein in einem alten Haus im bayrischen Oberland grosszog.
Diane sorgte dafür, dass er sich im Sport austoben konnte, und versuchte seine Energie zu lenken. Dennoch, zwei Tage vor den Sommerferien verliert sie die Kontrolle. Sie weiss, kein Gericht dieser Welt kann eine grössere Strafe verhängen als die, die sie durch das Leben erfährt: einen unermesslichen seelischen Schmerz. Ihr bleibt nur eines: Die Sommerferien, da David keiner vermissen wird, darüber nachzudenken, wie es geschehen konnte. Äusserlich führt sie ihr Leben weiter, als Architektin und Geliebte des Bauunternehmers Henning Kranz, als Nachbarin von Amelie, als Tochter von Ekkeland – und doch zieht sich der Kreis des Misstrauens immer enger um sie.
Erst zwei Jahre später ist sie in der Lage, ihr Schweigen zu brechen und über die Ereignisse jenes Sommers zu berichten. Alles läuft erneut vor ihr ab, als geschehe es im Augenblick.